내가제일잘나가는
재벌이다

봉황송 현대판타지 장편소설

내가 제일 잘나가는 재벌이다 2

초판 1쇄 발행 2023년 11월 20일

지은이 ㅣ 봉황송
발행인 ㅣ 최원영
편집장 ㅣ 이호준
편집디자인 ㅣ 한방울
영업 ㅣ 김민원

펴낸곳 ㅣ ㈜ 디앤씨미디어
등록 ㅣ 2002년 4월 25일 제20-260호
주소 ㅣ 서울시 구로구 디지털로 26길 111 JnK디지털타워 503호
전화 ㅣ 02-333-2513(대표)
팩시밀리 ㅣ 02-333-2514
E-mail ㅣ papy_dnc@dncmedia.co.kr
블로그 ㅣ blog.naver.com/gnpdl7

ISBN 979-11-364-4881-1 04810
ISBN 979-11-364-4879-8 (SET)

※ 저자와 협의하여 인지는 붙이지 않습니다.
※ 이 책은 ㈜ 디앤씨미디어(파피루스)가 저작권자와의 계약에 따라 발행한 것으로 본사와 저자의 허락 없이는 어떠한 형태나 수단으로도 내용을 이용할 수 없습니다.

내가 제일 잘 나가는 재벌이다 2

봉황송 현대판타지 장편소설

제1장. 립밤 ············· 7

제2장. 종합 법률 사무소 ············· 33

제3장. 황순우 ············· 71

제4장. 서은영 ············· 97

제5장. 오아시스 ············· 137

제6장. 잔업 ············· 163

제7장. 낙농 산업 ············· 189

제8장. 신화 백화점 ············· 229

제9장. 모준민 ············· 255

제10장. 론도 생활 화장품 ············· 277

제11장. 새마을 운동 ············· 303

립밤

용산 후암동 스카이 포레스트 공장.
사장실 책상 위에 일간지 신문들이 가지런히 놓여 있었다.
"좋은 아침!"
차준후가 사장실에 모습을 드러냈다.
"좋은 아침이네요, 사장님. 아이스 아메리카노 준비할까요?"
종운지가 웃으며 차준후를 반겼다.
대우받으며 일할 수 있는 직장의 행복이 더없이 소중하게 느껴졌다.
"부탁해요."
"네."
의자에 앉으며 책상 위의 신문들 헤드라인 뉴스를 살폈다.

「일본 압도! 일본 식물성 포마드 크림은 더 이상 국내에 발붙일 곳이 없다」

「일본을 쓰러뜨렸다, 골든 이글」

「최고의 품질을 자랑하는 식물성 포마드 크림 골든 이글의 화려한 비상 앞에 일본 후지산이 무너졌다」

「스카이 포레스트의 골든 이글! 대한민국이 만들어 낸 놀라운 품질의 제품이 일본의 콧대를 박살 냈다!」

일간지에서는 자극적인 문구들이 넘쳐 났다.

"떠들썩하구나."

차준후가 신문들을 읽으며 중얼거렸다.

골든 이글이 전국을 떠들썩하게 만들었다.

월간천하의 출시 이후 다른 일간지에서도 질세라 연달아 보도가 튀어나왔다.

원래 일간지 1면에 전면 광고를 계획했었다.

그러나 그럴 필요가 없어졌기에 전면 보류했다.

"일간지 기자들이 알아서 광고를 해 주고 있구나."

골든 이글을 만들어 낸 당사자인 차준후가 자극적인 기사 내용에 심취할 수밖에 없었다. 그만큼 한국인들의 관심을 쪽쪽 뽑아낼 정도로 감정을 제대로 자극하고 있었다.

"내가 의도하기는 했지만, 일간지에서까지 이처럼 자극적으로 나올 줄은 몰랐는데……."

차준후가 이런 상황을 예상하지 못했다.

음!

아무래도 대통령 하야와 맞물려 일어난 현상 같았다.

"정국이 혼란스러울 때마다 톱스타 연예인들의 스캔들이 나왔던 것과 비슷한 경우인가?"

혼란스러운 정국에서 잠시 사람들의 시선을 다른 쪽으로 돌려 버렸다고 할까?

신문을 보면서 신드롬이라고 할 수 있는 골든 이글의 비상을 홀로 생각하고 있을 때였다.

종운지가 아이스 아메리카노를 쟁반에 들고 들어왔다.

"여기요, 사장님."

"고마워요."

"별말씀을요."

"나날이 솜씨가 좋아지네요."

차준후가 아이스 아메리카노를 한 모금 마시면서 그 맛에 취했다.

출근하자마자 마신 커피에 온몸이 다시 태어난 듯 새롭게 작동했다. 당연하다고 생각하던 음료를 이 시대에도 마음껏 마실 수 있다는 사실에 감사했다.

"골든 이글을 구매하러 온 상인들로 아침부터 정문이 소란스럽네요. 정문의 표주봉 아저씨가 고생하고 계시고, 감홍식 아저씨도 보여요."

"찾아오는 상인들이 점점 늘어나고 있으니까요. 당분간 소란스럽겠지요."

차준후가 창문 밖에 보이는 광경을 보면서 중얼거렸다.

골든 이글을 찾는 사람들이 많다 보니 상인들이 아주 난리였다.

스카이 포레스트 정문에서는 매일 같이 실랑이가 벌어졌다.

차준후가 찾아오는 상인들을 감홍식을 비롯한 영업부서에 맡겼다.

생산 물량이 부족한데 사겠다는 상인들이 워낙 많아 영업 사원들이 곤혹스러운 표정을 짓고 있었다.

공장의 생산 물량이 턱없이 달렸고, 만드는 족족 팔려 나갔다.

기존 거래처에도 골든 이글 공급이 한참 부족한 상태였기에 새롭게 찾아오는 상인들의 요구를 만족시키지 못했다.

"현금을 가지고 왔는데 왜 골든 이글을 사지 못하는 건가요?"

"죄송합니다. 지금 최대한 생산하고 있지만 워낙 원하는 곳이 많습니다. 물량이 심각하게 부족하니, 드리고 싶어도 드릴 수 없습니다."

"소량이라도 좋으니 팔아 주세요."

"정말 죄송합니다. 조금만 기다려 주시면 최대한 빨리 공급해 드릴 수 있도록 노력하겠습니다."

영업 사원들이 고개를 조아리기 바빴다.

'내가 저런 곤혹을 당할 필요는 없지.'

골든 이글에 있어서는 차준후로서도 뾰족한 대처 방법이 보이지 않았다.

대량 생산을 할 수 있는 체제가 만들어져 있지 않았기 때문이다.

특히 원재료가 턱없이 부족했다.

영업 사원들이 열심히 돌아다니며 구하고 있었지만, 사치품으로 규정된 화장품 재료들은 시장에서 구할 수 있는 양이 한정됐다.

'조금만 고생하고 있어 봐요. 나름의 해결책을 찾았으니까요.'

차준후가 연필을 들었다.

영업 사원들의 곤혹스러움과 상인들의 구매 욕구를 해결하기 위한 그림이 종이 위에 그려졌다.

탁!

립밤 펜슬형 용기라고 적은 뒤에 연필을 내려놓았다.

종이 위에는 길쭉한 펜슬형 용기를 그려져 있었다.

그림 옆으로는 각 부위의 수치와 회전 방향, 그리고 번호 등이 표시되어 있었다.

"사장님, 그게 뭔가요?"

"차기 출시품인 립밤 펜슬형 용기입니다."

"립밤 펜슬형이요?"

"입술 보호제를 연필 형태로 만든 거지요. 입술 보호제는 대량 생산이 가능해요."

"아! 그런데 그 그림이 완성 형태인가요?"

"완성형입니다."

차준후가 고개를 끄덕였다.

그 모습에 종운지가 미간을 살포시 찌푸렸다.

"죄송하지만 너무 없어 보이는데요."

막 학교에 입학한 국민학생이 그린 것처럼 성의가 없어 보이는 조악한 그림이었다.

"음! 그렇기는 하지요."

차준후가 봐도 심각했다.

연필을 다시 들었다.

조금 전보다 간략하게 립밤의 상표 도안을 그려 나갔다.

회사 로고가 들어가 있고, 횃불 형태의 상표를 그린 립밤에는 프리덤이라는 이름이 명명됐다.

야자수 자라난 호수 오아시스 형태의 상표를 나타낸 립글로스에는 오아시스라는 이름이 붙었다.

아주 간략하면서 눈에 확 들어오는 상표였다.

분명 그래야 했는데, 다만 그린 사람이 문제였다.

발로 그렸나?

이대로 다른 사람에게 보여 주기 민망할 정도였다.

그러나 이것도 최선을 다해서 그린 것이다.

"사장님, 프리덤 상표는 몽둥이인가요? 그리고 오아시스는 상표는 단순히 그냥 물웅덩이처럼 보이는데요."

"몽둥이가 아니라 횃불입니다. 미국에 있는 자유의 여신상이 들고 있는 횃불이죠. 세계만방에 이성의 빛을 밝히는 상징적 의미인데, 고생하는 입술에 자유를 밝힌다는 의미에서 가지고 왔죠. 여기 야자수가 자라고 있잖아요. 물웅덩이가 아니라 오아시스죠. 오아시스는 황량한 사막에 존재하는 소중한 물의 의미를 보여 주는 것이고요. 입술에 그만큼 의미 있게 다가선다는 뜻이죠."

"이름은 정말 어울리는데, 그림을 보고 따라서 만들기가 쉽지 않아 보여요."

"괜찮아요. 믿고 맡길 만한 사람이 있으니까요."

보기 참으로 안쓰러운 그림이지만 차준후의 태도는 여유로웠다.

그림 실력이 없으면 뛰어난 사람에게 빌리면 된다.

"믿고 맡길 만한 분이 누구인데요?"

"전영식이라고 회사 수석 디자이너죠."

"한 번도 본 적이 없는데요? 그런 분이 있으셨나요?"

"지금 열심히 공부하고 있어서 회사에 나오지 않고 있

어요. 기회가 닿으면 볼 수 있을 겁니다."

차준후가 전영식을 떠올리며 웃었다.

시간을 내서 한번 찾아가 봐야겠다.

그동안 얼마나 성장했는지, 그리고 잘 지내고 있는지 궁금했다.

* * *

용산의 명운 교습소는 주간 학교와 야간 학교를 모두 운영하고 있었다.

전영식이 주간 학교에서 미술사에 대한 교육을 받고 있었다. 간절한 열망으로 바라던 시간이 왔기에 무섭게 집중했다.

배우면 배울수록 그림에 빠져들어 갔다.

"오늘의 수업은 여기까지예요. 모두 내일 봐요."

배꽃 여대에서 자원봉사 나온 미대생이 미술사 수업을 마쳤다.

"감사합니다."

"잘 배웠어요."

미술을 배우고 싶어 모인 사람들이 미대생에게 고개 숙여 고마움을 나타냈다.

"야, 영식아!"

"왜?"

"저녁 먹으러 가자."

"도시락 싸 왔어."

"그래? 그럼 다음에 보자."

함께 수업을 들으며 친해진 또래 친구가 작별 인사를 하고 떠나갔다.

이제 실내에는 전영식만 남았다.

주간 수업을 추가로 듣고 원래 교육받던 야간 수업까지 모두 수업하고 있었다. 주간 학교 수업을 마치고 난 뒤 비어 있는 시간에 화첩을 펼쳐 놓았다.

근래 하루 종일 붓이나 펜을 놓지 않고 진심을 다해 그림을 그렸다.

그림 실력이 무섭게 늘어났다.

하루가 다르게 달라져 갔다.

교육을 통해 자신만의 독특한 작품 세계를 조금씩 만들어 갔다.

'사장님의 기대를 저버릴 수 없지.'

차준후를 떠올린 전영식이 그림에 몰두했다.

자신의 바람이기도 했지만, 물심양면으로 도와주는 차준후가 있기에 더욱 매섭게 집중할 수 있었다.

'실망하는 사장님의 모습을 보기 싫어.'

그걸 전영식이 결코 받아들일 수 없다.

펜을 들었다.

뜨겁게 타오르고 있는 열정을 가득 담아서 그림을 그려 나갔다.

죽죽 그어지고 있는 선들 속에서 내면에 형성되어 가고 있는 독특한 작품 세계가 표현됐다.

스윽! 슥!

펜이 거침없이 화첩 위에서 춤을 췄다.

하고자 하는 열정이 그의 영감을 자극했고, 천재성을 일깨워 나갔다.

선들이 면이 되고, 입체로 이어지면서 그만의 독특한 그림 세계가 나타났다.

차준후가 미래에 전율을 느꼈던 초현실주의 작품 세계가 비로소 태동하고 있었다.

제대로 교육받은 적은 없었지만 사람의 열망과 간절함이 얼마나 큰 위대함을 잉태하는지 보여 주는 순간이기도 했다.

탁!

펜을 내려놓았다.

"아름답네요."

차준후가 뚫어져라 화첩을 바라보았다.

마지막으로 보았던 작품과 질적으로 달라진 모습이다.

괄목상대!

며칠 보지 못했다고 눈에 띄게 달라진 전영식의 작품에 경탄했다.

"사장님!"

갑작스럽게 나타난 차준후를 보고 전영식이 놀랐다.

놀란 전영식을 뒤로하고 차준후가 눈도 깜빡이지 않고 화첩을 살피느라 바빴다.

"언제 오셨어요?"

"조금 됐습니다."

"말씀하시지 그랬어요?"

"방해를 했으면 이 아름다운 작품을 보지 못했겠지요."

"그 정도는 아닌데요."

"자신감을 가지세요. 영식 씨의 예술성은 제가 높이 평가하고 있으니까요."

차준후는 전영식을 대단한 예술가로 대했다.

미래에서 그가 그렸던 대단한 작품을 목격했기에 절대 하찮게 대할 수 없었다.

전영식의 얼굴이 붉어졌다.

귀까지 빨갛게 물들었는데, 최대한 자연스러운 표정을 지으려고 노력했다.

"어쩐 일이세요?"

"부탁드리고 싶은 일이 있어서 찾아왔어요."

차준후가 종이 두 장을 전영식에게 건넸다.

"이건 뭔가요?"

"차기 상품인 입술 보호제인 립밤 펜슬형 용기와 립밤, 립글로스의 상표 도안입니다."

"립밤 펜슬형 용기와 두 개의 상표 도안이요?"

"입술에 바르는 연필처럼 생긴 용기와 용기를 감쌀 상표인데, 그림을 보면 알 수 있겠죠."

"그림이 참 단순하네요?"

조악한 그림을 나름 좋게 표현한 전영식의 말에 차준후가 뭔가 오그라드는 느낌을 받았다.

'단순하기는 하지.'

차준후가 머릿속에 떠오른 펜슬형 용기 구조를 종이에 선으로 간략하게 죽죽 그어 놓았다.

그림 구조가 조악했고, 그 옆으로 주석을 달아서 그림 구조에 대해서 설명하고 있었다.

상표 도안도 용기 구조와 크게 다르지 않았다.

"거기에 살을 붙여 주시면 됩니다. 펜슬형 용기 구조는 특허 신청을 할 거니까 조금 더 신경 써 주면 좋겠네요."

"잘해 볼게요."

전영식이 눈을 빛냈다.

차준후에게 도움이 될 수 있다고 생각하니 절로 신바람이 났다.

특허!

대단한 일을 맡았다는 생각이 팍 들었다.

간략한 선들을 어떻게 그려 넣어야 하는지 머릿속에 선명하게 떠올랐다.

슥!

스윽!

펜이 거침없이 움직였다.

* * *

펜슬형 립밤의 용기를 이루는 상승 및 하강을 하는 피스톤부, 그것과 연결되어 있는 스크류 로드부, 기어 홀드부, 회전 기어부, 로테이터부 등이 정교하게 종이 위에 그려졌다.

'역시!'

차준후가 눈앞에서 고개를 끄덕거리면서 감탄했다.

힘들게 작성했던 펜슬형 용기가 전영식의 손을 통해 깔끔한 모습으로 태어나고 있었다.

용기 구조도가 순식간에 완성됐다.

"다 했어요. 어떤가요?"

전영식이 기대 반 걱정 반의 표정으로 차준후를 바라보았다.

"최고네요."

차준후가 엄지손가락을 치켜세웠다.

천재의 손을 거친 펜슬형 용기 구조도는 깔끔하면서도 보기 좋았다.

"음! 프리덤은 나무 막대가 불타고 있는 건가요? 립글로스에는 물웅덩이에 나무가 자라고 있는 것처럼 보이네요."

전영식이 상표 도안을 뚫어져라 살폈다가 차준후를 쳐다보았다.

말하면서도 자신감이 없다는 표정이네.

그래도 좋운지보다는 조금 더 신경을 써서 말해 준 건가?

"나무 막대가 아니라 미국 뉴욕에 있는 자유의 여신상이 들고 있는 횃불을 상징하고 있어요. 여신상이 팔에 횃불을 들고 있는데, 세계만방에 이성의 빛을 밝히는 의미를 담고 있죠. 립밤이 사람들의 입술에 자유를 준다는 생각에서 만든 상표 도안입니다."

"아! 설명을 들으니 확실히 횃불처럼 보이네요. 어떻게 그려야 할지 알겠습니다."

그림만 보고 어려움을 겪던 전영식이 곧바로 손을 움직였다.

'멋진 작품을 만들어서 사장님에게 보여 줄 거야.'

영감을 받은 그의 손끝에서 멋진 프리덤 상표 도안이

만들어졌다.

'천재 예술가 한 명을 알고 있다는 게 얼마나 고마운 일인가.'

차준후가 눈앞에서 피어나고 있는 횃불을 보면서 감탄했다.

그냥 단순히 자유의 여신상이 들고 있는 횃불을 립밤 프리덤의 상표로 삼았다.

'불이 찬란하게 빛나며 타오르고 있어. 자유를 온몸으로 표현하고 있다.'

천재가 어떻게 자유의 의미를 불에 담는지 알게 됐다.

'서양 귀족들이나 재벌들이 왜 예술가들을 후원하는지 알겠다. 이런 즐거움이 있었어.'

차준후는 천재 예술가의 미래가 너무 기대됐다.

마음에 담고 있는 예술 세계가 넓고 깊어지면 어디까지 보여 줄 수 있을까?

상상만 해도 전율이 일어났다.

"립글로스는요?"

프리덤의 상표 도안을 끝마친 전영식이 곧바로 다음으로 넘어가려 했다.

예술혼으로 한껏 고무된 상태였다.

"립글로스 오아시스는 사막의 호수입니다. 끝없이 이어지고 있는 모래사막에 덩그러니 위치한 오아시스는 사람들에게 생명이나 마찬가지이죠. 립글로스 오아시스는 그 생명의 의미를 담고 있습니다."

"아! 그거였구나."

잔뜩 귀를 기울이고 있던 전영식이 탄성을 터트렸다.

'어렵고 힘든 처지의 나에게 사장님은 한 줄기 빛과도 같았어. 그런 의미를 담겠다는 거야.'

오아시스가 마음속에 크게 와닿았다.

그에게 차준후가 큰 빛으로 자리 잡게 되었고, 이제 더는 외롭거나 가난하지 않았다.

그 형태만 다를 뿐이지 의미하는 바는 다르지 않았다.

스윽!

슥!

펜이 격렬하게 움직였다.

주르륵!

왠지 모르겠지만 눈물이 났다.

즐거운 가운데 마음이 울고 있었다.

오아시스 상표 도안은 마음껏, 그리고 배울 수 있도록 해 준 고마운 차준후에게 바치는 그림이었다.

말로 다 할 수 없는 감사한 감정이 형태가 되어서 드러나고 있었다.

"아!"

빠른 속도로 완성되어 가는 오아시스 상표를 보면서 차

준후가 자신도 모르게 탄성을 터트렸다.

"내 마음속에 품고 있던 상표 그 이상의 작품이다."

형태가 드러난 오아시스를 본 첫 느낌은 감격, 그 자체였다.

황량한 사막에 피어난 한 떨기 백합 같은 호수!

그 호수는 순백의 청량한 아름다움을 품고 있었다.

단순히 상표라고 칭할 수 없는 작품이 탄생한다.

예술 작품!

예술의 아름다움을 크게 담고 있는 상표였다.

"아름다운 예술 작품이 태어나는 걸 코앞에서 바라보고 있다니…… 나는 행운아로구나."

경사가 아닐 수 없다.

전영식을 만날 때마다 매번 놀라고 있었다.

'빠른 성장이야. 정말 빨라.'

솜이 물을 빨아들이는 것처럼 빠르게 성장하고 있었다.

처음 극장에서 보았을 때와 지금은 천양지차이다.

탁!

전영식이 펜을 내려놓았다.

그의 눈에 흐르던 눈물은 어느덧 그쳐 있었다.

"다 됐어요, 사장님. 어떤가요?"

눈물 자국이 만연한 채로 차준후를 바라보았다.

"두말할 것도 없어요. 최고입니다. 이 한마디면 끝이죠."

더 말할 게 없다.
"어디 가요?"
전영식은 듣고 싶었다. 어디가 최고인지.
사장님에게 바친 그림이 어떻게 좋은가?
명확히 평가받기를 원했다.
'듣고 싶다고? 그렇다면 납득할 수 있게 말해 줘야지.'
천재 예술가가 원하고 있잖아.
차준후가 최대한 머리를 쥐어짜 냈다.
"제가 보여 준 상표 도안을 기능적이며 예술적으로 재탄생시켰지 않습니까? 상표 도안은 그 자체로 경쟁력입니다. 보세요, 펜슬형 용기는 단순히 밀어서 밀어 올리는 게 아니라 우수한 기능성과 함께 아름다운 외양을 생각하여 만들었습니다."
차준후의 조악한 상표 도안은 사라지고 전영식의 예술적인 작품이 나왔다.
"사장님이 가져오신 작품들이 좋아서 작품이 잘 나올 거예요."
"그런 면도 있기는 하죠."
동의했다.
그림 실력이 바닥을 기어서 그렇지 21세기를 살다가 온 그였다.
고도로 발달한 산업 디자인의 홍수 속에서 삶을 보냈기

에 자연스럽게 창조적이면서 예술적인 미래의 지식을 상표 도안에 녹여 내고 있었다.

"하지만 제 상표 도안에는 그 한계가 분명히 명확하지요. 이런 예술적인 선과 아름다운 배치 등은 집중적으로 교육받는다고 해서 만들어지는 게 아닙니다. 예술적 감성이 충만하고, 천재적인 영감이 번뜩여야 탄생할 수 있습니다. 천재인 당신이 제게 필요한 이유입니다."

머릿속에 지식이 있다고 해서 행할 수 있는 영역이 아니다.

그저 똑같이 모방하는 것이 아닌 이상.

기존에 없던 상표 도안을 새롭게 만들려면 필연적으로 예술적인 감각이 요구된다.

"아!"

전영식이 탄성을 터트렸다.

그저 궁금했기에 물어봤는데 최고의 찬사가 돌아왔다.

'불쌍해서 도와주시는 게 아니라 내가 꼭 필요하다고?'

입가에 절로 미소가 새어 나왔다.

마음을 알게 됐다.

오랫동안 고생하면서 꿈꾸어 왔던 미술을 향한 꿈이 보상받는 것 같았다.

'세계적인 예술 작품을 만들어 낸 것보다 사장님의 인정을 받는 게 더 좋아. 지금보다 더 필요하고 소중한 사

람이 되고 싶어.'

심장이 요란하게 두근거렸다.

뭔가 말로 표현하기 힘든 감정이 마구 샘솟았다.

더욱더 사장님인 차준후에게 칭찬과 인정을 받고 싶었다.

전영식의 표정이 환하게 밝아졌다.

그동안 진짜 열심히 공부하고 노력하며 지낸 시간이 보상받는 느낌이었다.

"저녁 식사는 했어요?"

작업한 종이를 건네받은 차준후가 물었다.

"아직요."

가방에 도시락을 싸 왔지만 말하지 않았다.

"나가죠. 제가 맛있는 저녁을 사 드릴게요."

"네."

전영식이 웃으며 고개를 끄덕였다.

차준후가 앞장섰다.

그 뒤를 밝게 웃고 있는 전영식이 쫄래쫄래 뒤따랐다.

* * *

공장 제조실.

신상품 개발을 위해서 차준후와 최우덕, 감홍식이 한데 모였다.

"피곤하신가 봐요? 입술이 까칠까칠하게 일어나 있네요?"

차준후가 물끄러미 최우덕을 바라보았다.

"씽씽합니다. 아침저녁으로 일교차가 심해서 입술이 다 일어났네요."

최우덕이 멀쩡하다고 강조하면서 입술에 침을 묻혔다.

한 번 튼 입술이었기에 침을 발라도 그때뿐이었고, 침이 마르면 더욱 불편했다.

감홍식도 잽싸게 입술을 혀로 훔쳤다.

자전거를 타고 영업을 뛰느라 찬바람을 맞아 얼굴은 푸석해져 있었고, 입술이 터진 상태였다.

"입술은 모세 혈관이 발달한 극도로 민감한 기관입니다. 여러 겹의 피부와 점액으로 덮인 근육이죠. 일교차가 크면 건조해지면서 입술이 갈라지는 현상이 벌어지게 됩니다. 침을 바르면 아주 잠깐은 괜찮지만 이내 증발하며 수분을 가져가게 됩니다. 상태를 악화시키는 일입니다. 그리고 침을 바르면 2차 감염이 일어날 수도 있지요."

"침을 바르면 증상이 더 심해진다는 걸 저도 알고는 있습니다. 그러나 입술이 바짝바짝 말라 가면 참기 힘들어서 저도 모르게 침을 바르고는 합니다."

환절기나 겨울철만 되면 고생하는 최우덕이다.

입술 조직이 유별나게 약했다.

"저도 마찬가지입니다. 하지 말아야 한다고 생각하는

데, 어느덧 침으로 입술을 바르고 있더라고요."

감홍식이 고백했다.

"수분이 빠져나가지 않게 만들면 됩니다."

차준후가 해결책을 제시했다.

"네? 입술에서요?"

"어떻게 하면 됩니까?"

두 사람이 기대 어린 눈빛을 마구 뿜어냈다.

"왜 어렵게 생각하나요? 골든 이글의 광택에는 보습 성격이 있습니다. 머리카락에 왁스를 바르는 것처럼 입술에도 보습력을 이용하면 쉽게 해결할 수 있지요."

"아! 획기적인 발상의 전환이네요."

최우덕이 탄성을 터트리며 감탄했다.

"딱히 그렇지도 않아요. 립스틱만 해도 바르면 입술을 보호해 주는 효과가 있으니까요. 입술만 전적으로 보호해 주는 상업적인 물품이 아직 국내에 출시되지 않았을 뿐이죠."

차준후가 대수롭지 않게 여겼다.

"그게 대단한 겁니다, 사장님."

감홍식도 최우덕의 의견에 동감했다.

골든 이글 제작 공법을 대수롭지 않으며 간단한 거라고 치부하던 차준후가 또다시 혁신적인 입술 보호제를 폄하하고 있었다.

두 사람은 이런 부분에서는 도통 차준후를 이해할 수가 없었다.

"세계 최초의 입술 보호제는 미국 약사에 의해 1880년대에 만들어졌어요. 만들기가 쉬워서 서양에서는 가정에서 수제로 만들기도 하고 있습니다."

"와아! 정말 대단하시네요. 그런 역사적인 사실도 아시고 놀랍습니다."

"공부하다 보니 알게 된 내용입니다. 대단하지는 않지요."

차준후가 치켜세우는 두 사람에게 별일 아니라고 이야기했다.

공부하다 보니 자연스럽게 알게 된 지식이다.

립밤을 직접 만들게 될 거라고는 생각 못 했다.

실제로 전에 근무했던 화장품 회사인 오대양에서도 너무 간단한 나머지 립밤을 제작하지는 않았다.

립밤 제작 업계는 남는 게 별로 없는 치열한 레드 오션 시장이었다.

수많은 업체가 경쟁하고 있었다.

물론 미래에 말이다.

1960년대인 지금 대한민국은 아주 청정한 블루 오션 시장이었다.

"자! 입술 보호제인 립밤을 만들어 봅시다."

"립밤이요? 그게 뭔 뜻인가요?"

"입술을 치료하는 향유 혹은 입술 치료용 연고라는 의미입니다."

"아! 이름이 정말 안성맞춤이네요. 이번 출시 상품 이름이 립밤인가요?"

"맞습니다. 입술을 촉촉하고 건강하게 만들어 주는 립밤입니다."

"영업을 뛸 때 해 주기 참 좋은 말이네요. 입술을 촉촉하고 건강하게 만들어 주는 립밤! 기억해 뒀다가 써먹어야겠습니다. 오늘도 배웠습니다, 사장님."

있어 보이는 표현을 감홍식이 중얼거리면서 외웠다.

"립밤을 만들기 위해서 밀랍을 중탕합시다. 처음에는 시범용으로 소량만 만들 거니까 자동 믹서를 사용하지 않아도 됩니다."

차준후가 최우덕을 바라보며 말했다.

"밀랍을 중탕해야 한다는구나."

최우덕이 감홍식에게 고개를 돌렸다.

"네."

감홍식이 계량해 놓은 밀랍을 스텐 통에 투입한 뒤에 나무 주걱을 들고 옆에 붙었다.

제2장.

종합 법률 사무소

종합 법률 사무소

 뜨거운 열기가 스텐 통을 달궜다.

 립밤을 만들기 위한 밀랍과 정제수, 올리브 오일, 에센셜 오일 등이 제조실에 쌓여 있었다. 골든 이글을 만드는 재료와 동일했다.

 "립밤은 두 가지 상품으로 출시할 계획입니다."

 "두 가지요?"

 "남녀 공용으로 사용할 수 있는 입술 보호제 립밤 프리덤과 여성들을 위한 립글로스 오아시스입니다."

 차준후가 세계에서 잘 팔리는 립밤 에베레스트를 떠올렸다.

 비타민 영양과 수분 공급, 그리고 보호막 형성까지 하는 에베레스트는 입술을 보호하는 립밤 상품에서 가장 높은 곳에 위치한 상품 가운데 하나이다.

"립글로스는 무슨 의미인가요?"

"입술에 윤기를 주는 광택제란 뜻입니다. 광택제 대신 화장품이라는 의미가 더 강하겠지요."

"입술에 바르면 포마드 크림처럼 반짝반짝 빛이 나는 건가요? 이상하게 보일 것 같은데요?"

생각만 해도 끔찍한지 감홍식이 몸을 부르르 떨었다.

유교적인 사상이 아직 강하게 남아 있었고, 입술에 립스틱이 아닌 반짝거리는 건 용납하지 못할 가능성이 존재한다.

"원래 호불호가 갈리는 제품입니다. 싫어하는 사람들이 있지만 반대로 아주 좋아하는 사람들도 있습니다. 취향의 차이인 거죠."

차준후가 이해했다.

아직 발생하지 않은 후대의 일이지만, 여자 연예인이 미니스커트를 입었다고 난리가 나기도 했다.

이런 보수적인 시기이니, 립글로스가 어떻게 될지는 솔직히 차준후도 예상하지 못했다.

"립글로스의 경우 입술 보호제이면서 화장품이지요. 입술 보호제로 만들어 놓고 보니 윤기가 나는 것이죠."

"그…… 그런가요?"

"그런 겁니다."

밀랍이 통 안에서 끈적끈적하게 녹아 가고 있었다.

"입술 표면을 매끄럽게 만들어 주는 효과가 있는 밀랍의 점착성과 올리브 오일의 기름막이 입술을 보호해 줍니다. 하나만 넣는 것보다 이중으로 보호해 줘서 보습에 탁월해지죠. 에센셜 오일이 무슨 용도인지는 알겠지요?"

밀랍이 완전히 녹자 차준후가 정제수를 넣은 뒤에 올리브 오일과 에센셜 오일을 첨가했다.

"골든 이글처럼 재료 특유의 냄새를 제거하고 상쾌함을 주기 위함입니다."

"맞습니다. 이제 잘 섞이도록 열심히 저어 주면 됩니다."

"열심히 하겠습니다."

감홍식이 나무 주걱을 격정적으로 움직였다.

"바셀린과 글리세린을 이용해서 립밤을 만들 수도 있습니다. 원재료를 구하기 힘드니까 밀랍을 이용하는 겁니다."

"그렇군요. 밀랍을 구하는 건 바셀린과 글리세린보다 쉬우니까요."

"그것도 있고, 자연에서 채취한 재료가 사람들에게 친화적이니까요."

친환경 제품을 이용하는 게 여러모로 인체에 좋았다.

차준후가 통 안에서 섞이고 있는 혼합물을 바라보았다.

"됐네요. 이제 용기에 담으면 됩니다."

나무 주걱을 내려놓은 감홍식이 밸브를 열자 노란 물이 배관에서 흘러나왔다.

쪼르륵!

작은 플라스틱 용기에 담았다.

"제작할 펜슬형 용기에는 4그램씩 담기죠. 립밤 재료는 국내에서 찾기 쉽고, 적은 용량의 제품이기에 대량 생산하기 용이합니다."

"대량 생산이면 영업을 하기에 좋겠네요. 그렇지 않아도 골든 이글로 인해 아주 골머리가 아픈 판국이니까요."

"골든 이글로 유명세를 탔으니, 립밤을 판매하기에도 좋을 겁니다."

차준후가 골든 이글을 가장 첫 제품으로 내세운 이유가 바로 유명세다.

남성들이 가장 많이 사용하는 화장품이 바로 포마드 크림이다.

포마드 크림으로 전국에 스카이 포레스트의 명성을 드높였다.

명성 높은 회사에서 신제품 립밤이 나왔다?

사람들의 관심이 폭증할 수밖에 없었다.

"이번 립밤은 딱딱하게 굳은 막대기 봉 형태의 제품입니다. 그렇지만 액체일 때 사용해도 나쁘지 않으니까, 손가락으로 찍어서 입술에 발라 봐요."

차준후가 플라스틱 용기를 최우덕과 감홍식에게 하나씩 건넸다.

"발라야 하는데 손이 잘 안 움직이네."

최우덕이 노랗게 굳어 가고 있는 립밤을 살펴보며 주저했다. 입술에 뭔가를 바른다는 거부감 때문에 받아 든 용기를 들고 그저 지켜봤다.

"뭘 그렇게 보고만 계세요. 제가 먼저 입술에 발라 볼게요."

감홍식이 검지로 푹 찍어서 입술에 립밤을 발랐다.

밀랍과 올리브 오일의 촉촉한 막이 덮으면서 오돌토돌 까칠하게 일어났던 입술이 혈색을 되찾아 갔다. 바르자마자 혈색이 돌며 윤기가 흘렀다.

"어! 좋아졌네? 크게 번들거리지도 않아서 보기에 흉하지도 않아."

"싱그러운 느낌과 함께 찢어지고 튼 느낌이 완전히 사라졌는데요. 입술이 촉촉하고 건강해졌어요. 바로 발라 보세요."

슥!

최우덕이 립밤을 입술에 발랐다.

"정말 좋다. 신세계야!"

"립밤 프리덤도 골든 이글처럼 대단한 물건이네요. 아니다. 이건 남녀 공용이니까 더욱 대단할 수도 있겠어요."

"대량 생산을 할 수 있다는 점도 무시 못하지."

최우덕과 감홍식이 혁신적인 립밤을 대량 생산할 수 있다는 걸 크게 반겼다.

영업 팀이나 생산 팀을 가리지 않고 골든 이글의 물량 부족으로 인해 겪고 있는 곤욕스러움이 너무 괴로웠다.

"립글로스는 반짝이고 광택 나는 입술을 표현하기 위한 입술 보호제입니다. 립밤과 제작 과정이 크게 다르지 않아요. 립밤에 방부제와 색소, 약간의 다른 원료가 첨가될 뿐이지요."

1930년대 연예인들의 입술 메이크업 기술 개발에서 시작된 립글로스이다. 텔레비전 화면상에서 여배우들의 반짝이며 윤기 자르르 흐르는 입술이 바로 립글로스의 효과이다.

'일본보다 일찍 립글로스를 발표하는 거다. 원래 역사대로라면 일본에서 수입하게 될 물건인데, 이제는 반대가 되겠지.'

1990년대에 일본 시장을 거점으로 다양한 제품이 생산된다. 국내 도입된 최초의 립글로스는 일본 기술과 제휴하여 만들어진, 1998년 선보인 팀팀 립글로스로 알려져 있다.

차준후는 일본 화장품 회사보다 하나씩 차근차근 우위

를 점해 나가려고 하고 있었다.

"립글로스는 부틸파라벤, 메틸파라벤 등과 색소를 첨가하여 만들 수 있습니다. 입술에 투명한 광택을 주는 립글로스는 립스틱보다 약한 색상이지만 자연스러움을 연출할 수 있습니다. 볼륨감이 산다고 할까요? 립글로스를 바르면 입술이 두툼해지는 효과가 있지요."

원재료를 구하기 힘들어서 차준후가 천연 화장품을 만들면서 인공적인 향과 첨가물에 각별히 신경을 기울였다.

온도가 화씨 10도 이상으로 올라가면 변질의 위험이 있었기에 방부제도 제작 과정에서 미량이나마 섞고 있었다.

"음! 이것들은 집에 가서 부인들에게 발라 보라고 하세요. 그리고 내일 출근하여 사용 후기와 립글로스 바른 부인의 모습에 대해 알려 주세요."

차준후가 립글로스가 들어간 용기를 두 사람에게 하나씩 건넸다.

솔직히 남자가 바른 모습을 보고 싶지 않았다.

"알겠습니다."

"부인에게 발라 보라고 하겠습니다. 내일 와서 이야기해 드릴게요."

립글로스 용기를 쥐고 있는 두 사람이 기대 어린 표정

을 짓고 있었다.

* * *

"이게 사장님이 새롭게 만든 물건이라고요?"
"립글로스라고 하셨어."
"립…… 글라스요? 그게 뭔가요?"
"립글로스. 입술에 윤기를 주는 화장품이라고 하셨지. 오아시스라는 이름으로 출시될 거야."
"오아시스! 그 이름이 알기 편하네요. 왜 제품명을 다 영어로 하는지 모르겠어요."

감홍식의 부인 배분례가 입가에 착착 달라붙는 오아시스를 중얼거렸다.

국민학교도 졸업하지 못한 그녀에게 영어는 어려웠는데, 오아시스는 외우기 편했다.

"사장님께서 해외 수출을 염두에 두고 계셔서 그래. 그리고 앞으로는 어려워도 영어에 익숙해지려고 노력해 봐. 사장님이 배워야 한다고 하셨으니까. 조만간 용산 운전면허 교습소를 다닐 생각이야."

"네? 운전면허 교습소요? 여보, 너무 무리잖아요. 이제 막 회사에 다니고 있고, 여기저기에 들어가야 할 돈도 많아요. 아이들 학교 육성회비도 내야 하고, 그동안 빌렸던 돈들이나 외상값도 갚으려면 허리띠를 졸라매야 한다고요."
"돈 안 들어가니까, 걱정하지 마."
"무슨 소리예요? 누가 운전면허 교습을 공짜로 가르쳐 주나요?"
"그게 아니야. 사장님이 운전면허 교습비를 지원해 주신다고 하셨어."
"정말이요?"
"그래, 머물러 있으면 정체된다며 배워야 대우받는다고 하셨어."
그때 당시를 떠올리고 있는 감홍식이 몸을 떨었다.
"어머! 세상에……."
배분례가 말을 제대로 잇지 못했다.
한두 푼도 아니고 어떤 사장이 운전면허 교습비를 지원하는가!
이런 사장은 없었다.
"사장님께 잘하세요. 우리에게 은인이나 다름없어요."
"알고 있어. 사장님을 위해서라면 죽을 수도 있다는 각오로 임하고 있으니까."
감홍식의 말에는 진심이 꽉 들어가 있었다.
"저도 죽을 각오로 일하고 있는데, 더 힘을 낼게요."
그런 남편을 보면서 배분례도 보다 노력하겠다고 이야기했다.

"발라 봐. 내일 출근해서 사장님에게 이야기해야 하니까."
"알았어요."
배분례가 립글로스를 조심스럽게 입술에 발랐다.
"어?"
감홍식이 저도 모르게 감탄을 내뱉었다.
눈앞에 그동안 보았던 배분례의 모습과 다른 여인이 있었기 때문이다.
붉은 입술이 도톰하니 무척이나 부각됐다.
입술에 광택이 흐르자 얼굴이 빛이 나는 듯 보였다.
"입술 느낌이 촉촉해서 좋아요. 바르기 전과 후가 완전히 달라요. 어떻게 보여요?"
배분례가 립글로스의 촉촉함을 즐겼다.
삶의 고생으로 터지고 입술이 붉은 혈색을 되찾았다.
그 하나만으로도 사람이 달라 보였다.
"입술에 립글로스 하나 발랐을 뿐인데 사람이 달라 보이는데? 예뻐졌어!"
배분례의 변신에 감홍식이 깜짝 놀랐다.
생각 이상으로 배분례가 아름답게 보였다.
"정말요?"
예쁘다는 말에 배분례가 눈을 빛내며 물었다.
평소 무뚝뚝한 남편에게 쉽게 듣지 못하는 단어였기에 얼굴이 환해졌다.

"그렇다니까. 과연 사장님이 만든 혁신적인 제품다워. 이건 팔릴 수밖에 없는 물건이야."

"앞으로 항상 립글로스를 발라야겠어요."

예뻐졌다는 말에 립글로스를 애용하기로 마음먹었다.

립글로스가 여인의 마음에 푹 파고들었다.

"여보!"

"왜?"

"운전면허 교습비를 사장님이 지불해 주신다고 말씀하셨잖아요? 따로 조건이 있었나요?"

"응? 조건? 그런 이야기는 듣지 못했어."

"그럼 저도 운전면허 교습을 받을 수 있을까요?"

"뭐라고?"

감홍식이 깜짝 놀랐다.

"조건이 따로 없으면 여자도 운전면허를 딸 수 있다는 소리잖아요."

"그럴까? 영업을 위해 운전면허를 취득하라는 말일 수도 있어."

"영업이 남자만 할 수 있는 일인가요?"

배분례의 눈에 열정이 뜨겁게 타올랐다.

가난한 집안에서 태어났기에 국민학교도 제대로 졸업하지 못하고 집안일을 도와야만 했다. 말하지 않았지만 항상 배움에 대한 갈망이 있었다.

* * *

"여자도 할 수 있는 일이 맞는데……."

"저도 교습을 받아서 운전면허를 취득하고 싶어요. 쌀집 자전거를 끌어가며 시장에서 영업을 뛰기는 힘들어도 영업용 차를 운전하는 건 가능할 것 같아요. 단순히 제품 생산만 하고 싶지 않다고요."

"이야! 내 부인이 이렇게 말 잘하는 사람인 줄 오늘 처음 알았네."

그가 부인을 물끄러미 바라보았다.

억척스러운 면이 있지만 남편의 말에 고분고분 따르는 조강지처였다.

지금껏 보지 못했던 면을 발견했다.

조리 있게 말하는 모습이 영업도 잘할 것 같았다.

어렵고 힘든 가정을 여기까지 이끌고 온 것에는 집안에서 착실하게 내조한 아내의 공이 컸다.

약하고 힘든 기색을 내비치지 않고 아이들을 교육시키며 부족한 남편을 도왔다.

괜히 눈물이 날 것만 같았다.

"사장님께 한번 물어볼게. 내가 책임지고 사장님에게 허락을 받아 올 테니까, 같이 운전면허 교습을 받아 보자고."

감홍식이 말했다.

사실 차준후가 반대할 것 같지 않았다.

지금껏 보여 준 모습으로 볼 때 환영하고도 남았다.

그래서 배분례 앞에서 큰소리 뻥뻥 칠 수 있었다.

"여보, 고마워요."

"고맙기는 내가 더 고맙지. 그리고 사장님께 더 고마워해야지."

"그건 그거고요. 내 남편이 최고지요."

"험험험!"

배시시 웃으며 잔뜩 치켜세우는 부인의 모습이 감홍식이 헛기침을 터트렸다.

그래도 싫지 않았다.

가만히 아내를 안았다.

배분례가 따뜻한 감홍식의 온기를 느꼈다.

어렵고 힘들게 살았던 그들 가정에도 밝은 햇살이 비추고 있었다.

* * *

차준후가 특허를 위해 김운보 변호사를 불렀다.

"잘 지내셨습니까?"

사장실에 들어서자마자 정중하게 허리 숙여 인사하는

김운보였다.

"덕분에 잘 지내고 있습니다. 변호사님도 잘 지내셨죠?"

재무부 차관의 고문 변호사로 지냈던 걸로 봐서 잘나가는 변호사라는 걸 알 수 있다.

"바쁘지만 매일매일 재밌게 보내고 있습니다."

실력을 인정받고 있기에 여기저기서 찾는 사람들이 많았다.

가장 바쁜 업무는 바로 차준후와 관련된 일이다.

엄청난 상속 재산으로 인해 분주하게 돌아다녔고, 이제 어느 정도 윤곽이 나왔다.

"아이스 아메리카노 부탁해요. 변호사님은 어떤 음료 드시겠어요?"

"저도 아이스 아메리카노로 먹겠습니다. 소문에 듣던 얼음 커피를 드디어 마실 수 있겠군요."

"소문이요?"

"네, 스카이 포레스트에 방문하면 뼛속까지 차가운 얼음 커피를 마실 수 있다고 들었습니다."

김운보가 웃었다.

"아이스 아메리카노 두 잔 부탁해요."

"네."

종운지가 탕비실로 향했다.

두 사람이 테이블을 마주하고 앉았다.

"상속세를 납부하는 기준인 상속 개시일 시점은 병원에서 깨어난 시간이라고 관할 세무서에서 통보받았습니다."

상속세 납부 시점을 두고 문제가 벌어졌다.

상속인은 상속 개시일이 속하는 달의 말일부터 6개월 이내에 상속세를 납세지 관할 세무서장에게 신고하여야 한다.

일반적으로 피상속인이 사망한 날이 상속 개시일이다.

그런데 차준후가 식물인간이 되면서 문제가 복잡해지고 말았다.

차운성이 사망했던 날이 상속 개시일인지, 아니면 차준후가 식물인간에서 깨어날 날이 상속 개시일인지를 두고 이견이 발생했다.

그리고 결국 차준후에게 유리한 쪽으로 결론 났다.

이렇게 되기까지 김운보가 물밑에서 많은 사람을 만나고 돌아다녀야만 했다.

"잘됐네요."

4개월의 시간을 더 벌었다.

엄청난 상속세였기에 기준 시점에 따라 차준후가 거둘 이득이 결코 작지 않았다.

은행 이자가 10대 중후반인 시기이다.

종합 법률 사무소 〈49〉

2,400만 환을 은행에 넣어 놓기만 해도 받는 이자가 엄청났다.

"상속 부분은 계속해서 부탁드려요."

"감사합니다. 최선을 다하겠습니다."

"제가 화장품 회사 스카이 포레스트를 창업하게 되었습니다."

"이미 들었습니다. 소문이 파다하더군요."

고문 변호사였기에 항상 차준후의 행보에 관심을 기울이고 있었다.

엄청난 상속 재산을 물려받은 차준후가 화장품 공장을 인수했다는 걸 알았을 때는 솔직히 놀랐다. 막대한 재산을 이용해서 기존의 화장품을 복제해 낼 거라고 예상했다.

그런데 그 예상이 완전히 빗나갔다.

공장을 인수하고 중고 시설을 구매하는 데 부모가 물려준 약간의 돈을 사용했지만, 순전히 본인의 능력으로 스카이 포레스트를 성공시켰다고 해도 과언이 아니었다.

"화장품 특허를 신청하려고 합니다."

"특허입니까? 지식 재산권을 중요하게 생각하시는군요. 잘 생각하셨습니다. 특허를 내지 않으면 수많은 복제품이 범람하고, 수작질을 부리려는 세력이 생겨날 겁니다."

"발명과 개발품을 보호하는 데 있어 중요한 도구이잖습니까. 특허를 준비하고 있는데, 심사 기준이 까다로워 변호사님의 도움을 받고자 합니다."

개발한 제품 또는 기술을 어느 권리로 취득하느냐에 따라 보호 범위가 달라진다. 특허를 신청하는 건 단순히 그냥 권리를 따내는 것이 아닌 전략적으로 접근해야 하는 부분이다.

이런 걸 잘하는 사람들이 변리사와 변호사이다.

"안타깝게도 제가 지식 재산권에 관련해서는 미흡한 면이 있습니다. 다른 전문 변호사분을 소개시켜 드릴까요?"

"지식 재산권에 관련된 전문 변호사를 밑에 두시면 되잖습니까?"

"네?"

생각지도 못한 제안에 김운보가 되묻고 말았다.

평소 결코 보이지 않는 모습이다.

그만큼 놀랐다는 방증이었다.

"변호사 사무실을 확충하시죠. 앞으로 변호사를 찾는 사람들은 계속 증가할 겁니다. 능력이 출중하다고 해도 혼자서 할 수 있는 일은 한정될 테니 종합 법률 사무소를 꾸리면 지금과 같은 의뢰를 해결할 수 있습니다."

"의뢰인의 문제를 많은 변호사를 고용해서 해결하라는

이야기입니까?"

"의뢰가 들어오면 프로젝트로 일하는 거죠. 분야별로 필요한 변호사를 모아서 해결하면 됩니다. 수십 명을 넘어선 500명 이상의 변호사, 법무사, 특허 관련 종사자, 보조 업무 종사자 등으로 법률 사무소를 꾸리면 해결 못할 일이 어디에 있겠습니까?"

차준후가 말했다.

법률 서비스의 선진화와 전문화를 제시하고 있는 것이다.

미래에는 500명 이상의 우수한 인재로 구성된 괴물 법률 사무소가 만들어지기도 한다. 법에 관련되어 종합적인 상담과 그걸 해결을 할 수 있는, 말 그대로 종합 법률 사무소이다.

"500명입니까?"

김운보의 눈빛이 몽롱해졌다.

항상 철두철미한 모습만 보이던 그의 자세가 일순간 흐트러졌다.

마음이나 조건이 서로 맞는 변호사들끼리 모여서 만든 법률 사무소가 있다. 그러나 함께 일하는 사람들까지 합쳐도 수십 명에 불과하다.

백 명이 넘는 종합 법률 사무소는 대한민국 어디를 살펴봐도 존재하지 않는다.

100명도 없는데 500명이라고?

차준후가 바라보고 있는 종합 법률 사무소의 규모는 어마어마했다.

"500명의 숫자도 적은 편입니다. 세계에서 영위하려면 천 명은 넘어야겠지요."

한국의 경제가 성장한 것처럼 변호사실도 홀로 영위하던 모습에서 탈피하여 필연적으로 종합 법률 사무소로 성장한다.

미래에 생겨나는 국내 최대 규모의 종합 법률 사무소의 위용은 그야말로 어마어마하다.

"천 명……. 천 명……."

김운보가 태엽이 풀려 고장 난 인형처럼 같은 말을 반복했다.

감히 상상할 수도 없는 엄청난 규모였다.

국내라는 좁은 지역에 머물러 있던 김운보가 차준후의 식견에 기대어 멀리 바라볼 수 있게 됐다.

'거인이다.'

눈앞의 차준후가 대단한 위인처럼 보였다.

거인의 어깨에 올라설 수 있게 되자 한국이 좁게만 느껴졌다.

'미래에는 여기저기 종합 법률 사무소가 많아요. 저는 그저 한국에서 최고로 잘나가는 종합 법률 사무소를 예

를 들어 이야기했을 뿐이에요. 그렇게 감탄 어린 눈빛으로 보면 제가 조금 찔리잖아요.'

차준후가 김운보의 시선을 슬며시 피했다.

이런 시선이 익숙하다.

최우덕과 감홍식에게 자주 받던 눈빛이었으니까.

현자처럼 대단한 식견을 가진 게 아니다.

그저 자연스럽게 벌어지게 될 법률 사무소의 발전을 설명해 줬다.

'아는 변호사에게 의뢰를 편하게 하기 위해서였는데, 일이 커졌구나.'

익숙하면서 일 잘하는 김운보에게 일을 맡기려고 해결책을 제시한 것이다.

그런데 열정을 마구 불태우고 있는 김운보를 보니 행보가 심상치 않을 게 확실하다.

똑똑똑똑!

노크 소리와 함께 종운지가 커피를 들고 들어왔다.

탁!

조심스러운 동작으로 테이블 위에 커피와 다과를 내려놓았다.

심한 갈증을 느낀 김운보가 커피를 시원하게 들이켰다.

차가운 냉기가 몸을 시원하게 채워 주고 있었지만 들끓

어 오르는 열망을 잠재우기에는 역부족이었다.

비상한 두뇌를 지니고 있기에 차준후가 말하는 바가 무엇인지 어렴풋이 깨달았다.

"해 보겠습니다."

종합 법률 사무소를 향한 김운보의 첫걸음이 스카이 포레스트 사장실에서 시작됐다.

"잘 생각하셨어요. 특허 신청할 서류입니다."

차준후가 립밤, 골든 이글, 립밤 펜슬형 용기, 립글로스 등의 특허 서류를 내밀었다.

김운보가 진지한 눈빛으로 서류들을 쳐다봤다.

한 장씩 넘겨 가면서 특허에 문제가 없는지 살폈다.

"서류를 꼼꼼하게 작성하셨습니다. 특히 립밤 펜슬형 용기를 그린 구조도는 눈에 확연하게 들어와서 보기가 좋습니다."

김운보의 표정이 더욱 진지해졌다.

전문 분야가 아니었지만 특허 신청을 어떻게 하는지는 알고 있었다.

어느 변호사에게 맡겨도 특허 신청이 허가될 수밖에 없는 서류였다.

저 거인은 대체 어디까지 걸어갈 것인가?

거인이 바라보고 있는 건 무엇일까?

차준후를 바라보는 그의 감탄 어린 시선이 더욱 깊어졌다.

그리고 앞으로도 계속 존경할 것만 같았다.

"제가 밑그림을 그렸고, 수석 디자이너가 재탄생시킨 구조도입니다."

"사장님의 밑그림 실력도 대단하시겠군요."

"아!"

자신의 자리로 돌아가서 업무를 보고 있던 종운지가 짧은 탄성을 터트리고 말았다.

조악했던 차준후의 그림을 떠올리자 그 한심함에 자신도 모르게 내뱉은 탄성이었다.

김운보가 영문을 모르겠다는 표정으로 종운지를 바라보았다.

차준후가 종운지의 태도를 이해하며 고개를 끄덕거렸다.

"죄송해요."

붉게 변한 얼굴의 종운지가 고개를 숙였.

'잘하자. 편안하고 좋게 지내다 보니 너무 풀어졌어. 긴장을 풀어서는 안 돼.'

종운지가 실수를 하면 안 된다고 스스로를 세뇌시켰다.

매일 출근할 때마다 다짐하는 일인데도 불구하고 갑작스런 김운보의 이야기에 무너지고 말았다.

완벽하다고 생각한 차준후도 처절할 정도로 바닥을 박박 기는 부문이 있었다.

"특허는 미국과 유럽, 일본에 먼저 신청을 해야 합니

다. 국내 특허 신청과 동일한 날이거나 아니면 하루라도 일찍 신청하세요."

차준후가 이야기했다.

그가 만든 제품들은 친환경 재료들이 많았기에 기존의 특허를 받은 물건들과 다른 점이 존재했다.

친환경 제품!

세계에서 통할 수 있는 마법적인 단어였다.

특허 서류에 친환경이라는 단어만 해도 수십 차례나 들어가 있었다.

'특허를 신청했다가 특허에 관련된 내용이 빠져나가면 골치가 아파진다. 그런 불상사를 예방하기 위해서 해외에 먼저 특허 신청이 필요해.'

차준후가 만일의 사태에 대비했다.

특허에 대한 대우와 지식이 부족한 대한민국이었다.

대한민국에서는 짝퉁과 복제품이 마구 난무한다.

가격이 저렴하면서 품질까지 좋다면 기꺼이 복제품을 구매하고도 남는다.

"알겠습니다. 국내보다 외국에 먼저 국제 특허를 신청하겠습니다. 그럼 돌아가서 특허와 관련된 의뢰를 진행하겠습니다."

"잘 부탁해요."

차준후가 김운보를 배웅했다.

"다음에 뵙겠습니다."

정중하게 허리를 숙인 김운보가 사장실을 나갔다.

스카이 포레스트 공터에 세워 놓은 시발 승용차에 탑승했다.

"후아!"

넥타이를 풀면서 깊은 탄성을 내뱉었다.

"내가 귀인을 만났구나."

차준후를 떠올리자 전율이 일었다.

뛰어난 머리와 열정을 바탕으로 변호사 업무를 수행해 왔다.

그저 열심히 살아가면 좋은 날이 올 거라 생각했다.

아니다.

노력만 해서는 안 된다.

좋은 날이 올 수 있게 스스로 걸어가서 쟁취해야 한다.

그걸 차준후가 알려 줬다.

"거인은 세상을 바라보는 시선이 다르고, 생각하는 깊이가 다르다. 차준후 사장처럼."

의뢰인인 차준후에게 능력을 인정받고 싶었다.

거인에게 인정을 받으면 성공할 수 있을 것 같았다.

또 한 명의 차준후 바라기가 생겨나고 말았다.

부르릉!

시발 승용차에 시동이 걸렸다.

시발 승용차가 힘차게 스카이 포레스트를 빠져나갔다.

* * *

똑똑똑똑!
사장실에 노크 소리가 울렸다.
"감홍식 영업 사원입니다. 사장님께 용무가 있어서 찾아왔습니다."
"들어오세요."
차준후가 말했다.
땀에 젖은 감홍식이 안으로 들어섰다.
쌀집 자전거를 끌고서 열심히 영업을 뛰고 회사로 돌아온 길이다.
"고생이 많으시네요."
"고생이라니요. 즐겁게 일하고 있습니다."
"무슨 일인가요?"
"저번에 말씀하신 운전면허 교습에 관해 물어볼 사안이 있습니다."
"편하게 말씀하세요."
"제 부인이 운전을 배우고 싶다고 해서요. 회사에만 머물지 않고 영업을 뛰었으면 하는데, 여자가 운전면허를 따고 영업까지 해도 되는지 물어보려고 왔습니다."

감홍식이 말하면서 차준후의 눈치를 살폈다.

회사에서 비용을 내준다고 하지만 여자에게도 운전면허를 얻을 수 있도록 허락해 줄까?

사회 통념으로 볼 때 쉽지 않았다.

암탉이 울면 집안이 망한다!

말도 되지 않는 이야기가 사실처럼 통용되는 시기이다. 여자들의 일자리는 많지 않았고, 있다고 해도 유리천장이다.

그래도 용기를 내서 사장실에 온 건 열린 마음을 가진 차준후라면 사회 통념과 다른 선택을 할 수도 있기 때문이었다.

"부인께서 영업을 뛰겠다고 하다니, 감탄스럽네요. 배우고 싶다면 배워야지요."

차준후가 기꺼이 허락했다.

열정적이며 진취적인 여성의 등장을 반겼다.

운전면허를 획득하도록 감홍식에게 말했지만 부인 배분례까지 덩달아 나설 거라곤 예상 못했다.

"정말 배워도 되는 겁니까?"

"배움에 남녀 차별을 둘 이유가 없잖아요? 그리고 화장품 회사에서 여자들이 영업을 뛰면 이득을 보면 봤지 손해는 아니에요."

"감사합니다."

"제가 감사해야 할 일이에요. 차후 생각하는 일도 있으니까요."

차준후는 유통사가 막강한 권한을 휘두르고 있는 유통 구조를 개혁하고 싶었다.

갑질이 만연한 유통 구조이다.

혁신적인 제품과 국민들의 인기를 등에 업어 현금 구매를 내세웠다. 그러나 인기가 떨어지면 언제라도 유통사들에 휘둘릴 수 있었다.

"어떤 생각이신지?"

"유통 구조를 바꿔 보려고 합니다."

"네? 쉽지 않을 일입니다. 유통사들이 따로 떨어져 있어 보이지만 회사나 공장의 유통 진입을 협력해서 강하게 막고 있습니다."

감홍식이 난색을 표했다.

유통사들이 납품을 거절하면 회사나 공장이 휘청거린다.

스카이 포레스트는 워낙에 인기 있는 제품을 가지고 있어서 조금 덜 할 수 있을지 몰라도 타격은 분명히 받는다.

"지금 당장 하겠다는 이야기가 아닙니다. 판매할 수 있는 제품들이 늘어나면 시도하겠다는 거죠."

"그것도 어려워 보이는데요."

"하하하! 대리점이나 총판을 여는 게 아니니까 걱정 마세요. 다 방법이 있습니다."

차준후가 머릿속에 방문 판매를 떠올렸다.

이미 성공을 거둔 회사들이 있다.

방문 판매를 통해 사업 기반을 다진 미국의 사이븐이 대표적이다.

1886년 설립된 사이븐은 화장품, 향수, 보석 등을 파는 회사였다.

품질 좋은 물건을 만들어 냈지만 처음에 사업적으로 곤란을 겪어야만 했다. 그러다가 세일즈 우먼들을 고용하여 최종 소비자들에게 직접 방문할 수 있도록 만들었다.

유통 구조를 획기적으로 단축시켰다.

품질 좋은 물건을 저렴하게 판매한다는 입소문이 나면서 엄청난 사업 성장을 이뤘다.

"사장님께서 방법이 있다고 말씀하시니 믿음이 갑니다."

"때가 되면 유통 구조 개선책을 시행할 겁니다."

방문 판매는 아직 시기가 일렀다.

품질과 일정 품목 이상의 생산 라인업이 제대로 갖춰져 있어야 한다.

현재의 스카이 포레스트 역량으로는 부족하다.

'해외를 갔다 온 다음에 어느 정도 완성될 것 같은데……'

차준후는 해외 순방 이후에 방문 판매를 예상했다.

회사 규모가 지금보다 몇 배로 성장해야 시도해 볼 수 있는 일이다.

준비해야 할 게 많았다.

방문 판매를 위해서 새롭게 직원들을 충원하고 또 교육까지 시켜야 한다.

철저한 준비 없이 방문 판매를 시작했다가는 오히려 커다란 역풍을 맞을 수 있다.

"그때가 기대됩니다."

"선결 조건들을 충족시켜야 해서 조금 시간이 걸립니다. 그래도 오랜 시간이 소모되지는 않을 것 같네요."

"제대로 해야 합니다. 그렇지 않으면 유통사들이 격렬하게 반발할 테니까요."

"치밀하게 준비하고 전격적으로 시행해야 유통사들의 반발에 시달리지 않겠죠. 압도적으로 찍어 누르면 반발하고 싶어도 하지 못할 겁니다."

인적 자원과 물적 자원 등이 복합적으로 필요한 유통 물류망은 하루아침에 만들기 어렵다는 특징을 지니고 있다.

오랜 세월 만든 유통망으로 유통사들이 갑의 위치에서 막강한 힘을 누린다.

"아! 유통사들을 압도할 수 있다니, 정말 꿈 같은 일이네요."

생각만 해도 좋은 감홍식이다.

영업을 뛰다 보면 솔직히 감당하기 힘든 일들도 많다.

유통사에서 당한 갑질을 생각하면 자다가도 벌떡 일어날 정도이다.

콧대 높은 유통사들을 압도할 수 있는 날이 온다고 생각하자 온몸에 전율이 흘렀다.

"차후에 유통 구조 개선책을 알려 드리죠. 그만 가 보세요."

"다시 한번 감사 인사를 올립니다. 이 기쁜 소식을 돌아가서 전해야겠네요."

감홍식의 얼굴에 기쁨이 만연하다.

좋아할 부인 배분례를 생각하니 너무 즐거웠다.

이런 행복함을 가질 수 있도록 해 준 차준후에게 허리를 깊숙하게 숙인 뒤에 돌아갔다.

"사장님."

"네?"

"저도 운전을 배울 수 있을까요?"

종운지의 조심스럽게 물었다.

경리로 직장에 들어와 비서로 일하고 있는 그녀에게 운전면허가 필요 없을지도 몰랐다.

'나도 배우고 싶어.'

그럼에도 물어보는 건 무엇이라도 배우고 싶은 열망이

컸기 때문이다.

배분례 아주머니가 운전면허 교습을 받을 수 있는데, 자신이라고 못할 게 없다고 생각했다.

운전면허를 지닌 여성!

집 한 채보다 비싼 자동차를 직접 끌고 싶은 욕망이 있었다.

차 한 대를 지니고 있다는 건 성공한 여성이라는 증거였다.

그녀는 비록 지금은 아니지만 언젠가 차 한 대를 소유하고 싶었다.

"배우세요."

차준후가 시원하게 승낙했다.

회사에 운전면허증을 가진 직원이 늘면 좋은 일이다.

"감사해요, 사장님."

종운지가 고개를 숙였다.

빠른 승낙에 마음속으로 했던 고민과 두려움이 눈 녹듯 사라졌다.

'여성에 대한 편견이 없는 마음씨 넓은 사장님이시잖아. 허락해 주실 줄 알았어.'

혹시나 경리 주제에 왜 배우냐고 한 소리 들을까 걱정했었다.

기우에 불과했다.

차준후는 그녀의 기대를 저버리지 않았다.

"아! 회사 전체에 알립시다. 운전을 배우고 싶은 남녀노소 모두에게 교육 비용을 지불하겠다고."

생각해 보니 직원들이 회사와 사장에게 비용을 청구하는 게 익숙하지 않은 시기이다.

종운지에게처럼 대놓고 알려 줄 필요가 있었다.

"정말 고맙습니다."

재차 감사함을 토로하는 그녀다.

"저도 고마운 일이지요."

"사장님이 고맙다고요?"

"생각해 봐요. 걷거나 자전거로 영업을 뛰면 얼마나 하겠어요? 차를 운전하며 영업하면 서울 전체를 돌아다닐 수도 있죠. 직원들이 열심히 일하겠다고 하니 고마울 수밖에요."

"영업 직원이 아닌 직원들에게도 운전면허 교육비를 내주신다니, 사장님은 생각하시는 바가 다르네요. 낭비일 수도 있잖아요."

"영업은 직분에 따라 나뉘는 게 아니라고 봅니다. 직원 누구나 할 수 있어요. 오늘 공장에서 일한 생산 직원이 내일은 영업 사원으로 탈바꿈할 수도 있죠. 낭비가 아니라, 회사가 이득을 볼 수 있는 정책을 펴 나가는 겁니다."

차준후가 싱긋 웃었다.

"직원들을 챙기면서 회사가 이익을 얻는 길이란 말인가요?"

"직원과 회사는 서로 상부상조하는 관계이죠. 일방적으로 한쪽이 이득을 챙기는 게 아닙니다."

운전면허 교육 비용처럼 미리 조금 도와주고 왕창 얻을 수 있는 길이 보이는데, 가지 않는 건 어리석은 것이다.

투자 비용의 수십 배 이상의 이익이 회사로 돌아오게 된다.

차준후가 알게 모르게 1960년대 회사의 보편적인 사상을 21세기처럼 혁신적으로 개혁해 나갔다.

의도한 부분도 있지만 21세기의 인간으로 살면서 자연스럽게 행하는 바도 컸다.

이건 단순히 회사를 운영하는 걸 떠나 새로운 흐름이었는데, 공격적인 직원 교원을 통해 회사를 성장시킬 수 있다는 사실을 알려 주는 셈이다.

종운지가 감탄 어린 시선으로 차준후를 바라보았다.

"조만간 차량을 구입할 계획입니다. 운전면허를 취득한 직원들이 차량을 운전하면 제가 지금 한 말이 즉각적으로 체험될 겁니다."

빠르게 변화하는 시장에서 속도는 필수이다.

차!

스카이 포레스트에 조만간 영업용 차가 필요했다.

사실 지금도 늦었다.

그러나 아쉽게도 운전면허증을 가지고 있는 사람이 아무도 없다.

그것이 문제였지만, 조만간 해결될 문제였다.

"사장님도 운전면허 교습받으셔야죠? 택시만 타고 다니시지 말고 승용차를 운전하셔야 하지 않겠어요?"

종운지가 직원만 챙기지 말라고 조언했다.

사장인 차준후가 직접 차를 운전하는 모습을 보고 싶었다.

이 시대의 여성들에게 자신 소요의 차를 운전하는 능력자는 선망의 대상이었다.

운전면허증을 가지고 있다는 사실만으로도 대접을 받는다.

"아! 저도 직원들과 함께 운전면허를 취득하려고 합니다. 다만 운전면허 교습은 필요 없어요."

지금까지는 운전면허 취득을 신경 쓰지 않았다.

택시를 타고 다니면서 불편함을 크게 느끼지 못했기 때문이다. 그런데 있으면 여기저기 돌아다니기에 더 편하다는 걸 알았기에 이번 기회에 취득하기로 결심했다.

"교습을 받지 않으면 운전면허를 취득하기 어렵잖아요?"

"운전면허증만 없을 뿐 운전의 베테랑입니다."

전생에서 오랜 세월 무사고 운전자였다.

아!

마지막에 트럭과 사고를 냈으니 무사고가 아닌가.

20대 초반에 운전면허를 취득했으니 거의 30년 가까이 운전하며 보냈었다.

"베테랑이요?"

"아! 불어인데, 어떤 분야에 오랫동안 종사하여 기술이 뛰어나거나 노련한 사람을 뜻해요."

"사장님은 외국어에 참 능숙하시네요."

"습관적으로 외래어가 나오는데 지양해야겠죠. 습관처럼 굳어 버려서, 아름다운 국어로 순화시켜 말해야 한다고 생각하고 있어요."

차준후가 반성했다.

주의하지 않으면 입에서 미친 듯이 영어를 비롯한 외래어와 미래의 단어들이 쏟아질 것이다.

수습하기 곤란한 상황이 벌어질 수도 있다.

"국어 정화 위원회에서 언어 순화 운동을 벌이고 있잖아요. 저도 학교를 다니면서 배워서 다마네기(양파), 만땅(가득 채움), 쓰메끼리(손톱깎이), 다꽝(단무지), 벤또(도시락) 등 일본어를 더 이상 사용하지 않게 됐어요. 고등학교 국어 선생님께서 아름다운 한국어를 사랑해야 한다고 말씀하셨죠."

일제 강점기 시절 녹아들어 있는 일본어를 제거하기 위해 뜻깊은 사람들과 국문학자들이 열심히 노력하고 있었다.

 "노력하시는 분들께 죄송스러운 마음이 드네요. 언어 순화 운동을 제대로 실천해야겠습니다."

 뜻하지 않은 단어가 튀어나오면 그의 1960년대 삶이 흔들릴 수도 있다.

 벌써 곤혹스런 상황을 몇 번 겪지 않았던가.

 조심 또 조심해야 할 일이다.

황순우

시발택시 한 대가 도로 가장자리에 정차했다.
"성형 플라스틱 공업소에 도착했어요."
"감사합니다."
뒷좌석에서 차준후가 내렸다.
성형 플라스틱 공업소의 문이 활짝 열려 있었다.
후끈한 열기를 뿜어내고 있는 공장 안에서 플라스틱을 만들 때 나는 특유의 냄새가 강렬하게 뿜어져 나왔다.
서울에서 열 손가락 안에 들어가는 플라스틱 공장으로 많은 플라스틱 제품을 분주하게 만들고 있었다.
"안녕하세요."
"어디서 오셨소?"
"스카이 포레스트에서 나왔습니다. 차준후입니다."

"여기 사장인 황순우라고 하오. 스카이 포레스트면 골든 이글을 만든 회사로군요. 거기에서 여기는 어쩐 일로?"

"플라스틱 용기 제작 의뢰를 맡기려고 합니다."

"잘 오셨소이다. 몇 개나 만들려고 하시오?"

"백만 개 제작하려고 합니다."

"헉! 백만 개?"

"초도 물량입니다."

"허허허! 초도치고는 대단한 물량이오. 제작할 물건의 설계 구조 도면은 가지고 오셨소?"

"여기 있습니다."

작업복을 걸치고 있는 중년 사내에게 차준후가 펜슬형 용기의 설계 구조도를 넘겼다.

"음! 펜슬형 용기 부품들의 오차는 어느 정도여야 하는 것이오?"

"펜슬형으로 작은 용기이기에 오차는 10분의 1밀리 이하여야 합니다."

작은 용기에서 정교하게 움직이기 위해서는 오차가 10분의 1밀리 이하 정도로 정밀해야만 한다.

"그 정도 정밀도를 가지기는 쉽지 않은 일이오. 제작하면서 여러 차례 실패가 나올 텐데……."

황순우는 부담스러웠다.

실패할 때마다 제작 비용이 늘어난다.

기계를 한 번 돌리면 한 번에 수백 개의 물량이 쏟아져 나온다.

한 개씩 만들 수 있는 게 아니다.

단순히 제작 의뢰만 하러 온 고객들은 플라스틱 제작 공정에 대해서 잘 모르는 경우가 많았다.

"성공할 때까지 실패 비용을 스카이 포레스트에서 감당하죠."

차준후가 말했다.

애당초 한 번에 성공한다고 생각하지 않았다.

"비용이 기하급수적으로 늘어날 수 있소이다."

황순우는 호기롭게 나섰다가 화를 내고 돌아가는 손님들을 많이 봤다.

"제가 원하는 물건이 나올 때까지 계속 제작해 주시면 됩니다. 돈은 걱정하지 마시고요."

비용을 떠나 사소한 디테일적인 부분까지 신경 쓰려고 하는 차준후였다.

"그렇게까지 말한다면 한번 해 봅시다. 대량으로 부품을 제작하려고 하니까, 제품의 형상을 본뜬 금형부터 만들어야겠소."

"금형 내부에 플라스틱 수지를 주입하여 냉각 과정을 거쳐 상품을 만들어 내는 방법이군요. 대량 생산에 많이 사용되는 방법으로 알고 있습니다."

"호오! 이쪽에 대해 공부 좀 하셨구려."

황순우가 감탄을 터트렸다.

막무가내로 요구하는 보통 손님들과 달리 플라스틱 성형에 대해 알고 왔다는 점이 고마웠다.

업계 전반의 사정을 알기에 실패 비용을 기꺼이 지불하겠다고 나선 차준후다.

"원래 금형을 제작하려면 시일이 필요하지만 업계에 대해 잘 아시는 분이니까, 특급으로 대우해 드리겠소. 빠르게 달려 봅시다."

금형 설계는 약 일주일.

금형 가공 및 조립에 3주일 정도 걸린다.

금형 제작에는 보통 한 달 내외가 소모된다.

그렇지만 크게 흥이 동한 황순우가 직접 펜슬형 용기 제작에 도전했다.

차준후 입장에서는 엄청난 시간을 절약한 셈이다.

"감사합니다."

"내가 좋아서 하는 일이니까 고마워할 필요 없소."

"그래도 고마운 건 고마운 거죠."

"허험!"

30년 이상의 경력을 지닌 공장 최고의 기술자 황순우가 소매를 걷어붙이고 직접 금형 제작에 나섰다.

범용 밀링 기계를 이용했다.

최신형의 성능 좋은 밀링 기계도 아닌데, 황순우의 손길에 따라서 정교하게 금형을 깎아 나갔다.

작은 물건을 정밀하게 만들기 위한 금형의 형태를 쭉쭉 뽑아냈다.

섬세하면서 빠른 기술자의 손놀림이었다.

복잡한 톱니바퀴 형태를 비롯한 펜슬형 용기의 부품들이 금형 제작 틀 안에서 정교하게 피어났다.

마치 밀링 머신이 황순우의 손아래에서 춤을 추는 듯 보였다.

"대단한 기술을 지니셨군요."

"험! 오사카 공업 고등학교 기계과를 나왔고, 먹고살다 보니 자연스럽게 체득한 기술이라오."

"오사카 공업 고등학교면 일본에서 기계를 다루는 부분에 있어 알아주는 곳 아닌가요?"

"잘 아시는군요. 한국인으로 일본 놈들한테 밀려서는 안 된다는 생각에 밤잠을 줄여 가며 공부했지. 그 덕에 졸업할 때 다섯 손가락 안에 들어갔지요."

오사카 공업 고등학교의 명성은 미래에도 유명하고, 졸업생들이 일본 공장에서 능력을 뽐내고 있다. 일본 제조업의 강한 저력이 우수한 공업 고등학교들에 있다는 말이 있을 정도다.

"능력자이시군요. 딱 보니 알겠습니다."

차준후가 황순우의 실력을 높이 평가했다.

직접 두 눈으로 보고 있지 않은가.

"허허허허! 칭송받을 정도의 능력은 아니라네."

말과는 달리 환하게 웃고 있는 얼굴에 흐뭇함이 넘쳐난다.

더 많은 칭송을 원하는 건가.

차준후가 황순우의 바라는 바를 정확하게 알아차렸다.

"칭송이 아니지요."

"응?"

"사실을 말하는 것이 어떻게 칭송이 되겠습니까? 전 보고 들은 걸 그대로 이야기했을 뿐입니다."

한두 번 해 본 아부가 아니었다.

전생에서 직원으로 지내며 체득한 처세술이었다.

그런 처세술이 빛을 발했다.

"하하하하하!"

황순우가 호탕 대소를 터트린다.

밀링 머신이 더욱 경쾌하게 움직였다.

펜슬형 용기 부품의 작은 금형들이 뚝딱 만들어졌다.

"자! 이제 한번 금형에 플라스틱 수지를 주입해 봅시다."

"기대되네요."

"처음부터 제대로 나오기는 힘들 거요. 하지만 기대되기는 마찬가지요."

황순우가 플라스틱 사출 기계에 금형들을 넣고 가동을 시작했다.

 펜슬형 용기 부품들이 사출구를 통해 뚝뚝 떨어져 내렸다.

 "제가 조립해 보죠."

 "해 보시오."

 차준후가 부품들을 조립했다.

 하단의 로테이션부가 길쭉한 원통에 들어가야 하는데 매끄럽지 않고 뻑뻑했다. 용기 뚜껑을 끼워 넣는 데도 제대로 맞지 않아서 들어가지 않았다.

 "로테이션부는 미세하게 작아야 하고, 용기 뚜껑은 조금 더 키워야겠네요."

 "음! 금형을 다시 손봐야겠소."

 "용기 색은 은백색인 유광이어야 합니다. 지금처럼 거무죽죽하면 안 됩니다."

 "플라스틱을 그냥 사출하면 색이 거무죽죽하지. 은백색에 유광으로 하려면 비용이 상승할 텐데······."

 "비용은 신경 쓰지 마세요. 사람들이 가지고 싶어 하는 펜슬형 용기여야 합니다."

 "이야! 플라스틱 용기에 이렇게 신경 쓰는 사람은 처음이네. 한번 해 봅시다."

 황순우가 장인 정신을 불태웠다.

좋은 플라스틱 용기를 만들겠다는 차준후를 보면서 신바람을 냈다.

싸고 좋은 물건을 만들어 달라고 하는 손님들만 만나다가 비싼 걸 떠나서 오로지 뛰어난 품질의 플라스틱 용기를 제작해 달라고 하니 기분이 무척 좋았다.

밀링 머신이 다시금 엄청난 속도로 가동됐다.

플라스틱 제작 기계가 웅웅 소리를 내면서 돌아갔다.

사출구 앞에서 쪼그려 앉은 차준후가 펜슬형 용기를 조립했다.

똑딱!

펜슬형 용기가 조립이 됐다.

하단의 로테이션 부위를 돌려보았다.

끼기기긱!

상승부가 위아래로 움직이면서 귀에 거슬리는 소리를 냈다.

정밀도가 맞지 않았다.

"다시 해 보죠. 어디가 문제인지는 아시죠?"

"물론. 이번에는 제대로 된 부품들을 뽑아 보지."

황순우가 완성형 부품들을 뽑아내겠다고 다짐하며 밀링 머신에 달라붙었다.

"어떤가?"

"소리 없이 올라가고 내려가기는 하는데, 헐거워요. 부드럽게 상승과 하강이 되어야 합니다."

"무슨 소리인지 알겠네. 딱 맞추자는 거지."

"네."

밀링 머신과 플라스틱 기계가 계속해서 움직였다.

초반의 제작과정에서는 약간의 오차가 있어 제대로 된 부품들이 나오지 않았다.

황순우와 차준후가 머리를 맞대고 문제를 하나하나 해결해 나갔다.

"어떤가?"

"잘 나왔네요. 괜찮아요."

"드디어 성공했군."

황순우가 웃음을 지었다.

오랜만에 장인 정신을 불태웠더니 무척이나 만족스러웠다.

그러나 아직 끝난 게 아니다.

금형만이 완성됐을 뿐이다.

"보세요. 여기 약간 거무죽죽하죠?"

차준후가 문제점을 지적한다.

"응?"

"제가 원하는 용기는 대지 위에 소복하게 쌓인 눈의 깨끗한 느낌을 담고 있어야 해요. 지금처럼 때가 탄 느낌이 아니라요."

"다시 하자고? 겨우 티끌처럼 보이는 점들 때문에?"

"안 됩니다."

"이 정도는 플라스틱의 특성으로 봐도 괜찮다니까. 사람들도 뭐라고 하지 않아. 지금 용기 상태만 해도 감탄을 하고도 남아."

"사람들이 받아들인다고 해도 제가 용납할 수 없습니다."

차준후가 타협하지 않았다.

"새롭게 한 번씩 기계를 가동할 때마다 제작 단가가 상승한다는 건 알고 있지?"

"네."

"허허허허! 나보다 더 품질에 신경을 쓰는 사람은 처음 보는군."

황순우가 차준후를 빤히 바라보았다.

성공작이라고 평가한 플라스틱 성형품을 반려하는 사람을 처음 목격했다.

오랜 세월 동안 이쪽 계통에서 일해 온 안목으로 볼 때 이번 펜슬형 용기가 훌륭하게 뽑혔다.

"한 점의 티끌도 용납하지 않겠다고? 눈을 담은 순백함에 광채를 가지고 있어야 한다는 거지. 도전 욕구를 제대로 불러일으키는구먼."

"사람들이 가지고 싶은 명품을 만들고 싶습니다."

차준후가 납득할 수도 있지만 펜슬형 용기의 아주 작은

문제도 그냥 넘기지 않았다.
"명품이라? 처음으로 들어 보는 말이야. 업계 종사자가 아니라 손님에게 듣게 될 줄은 꿈에도 몰랐어."
명품!
참으로 듣기 좋은 말이다.
가슴이 간질간질했다.
플라스틱을 만들면서 오랜 세월을 보내온 그이다.
쉽게 만들고 아무렇지 않게 버릴 수 있는 저렴한 플라스틱이라는 말만 무수히 들어왔다.
플라스틱이 명품이 될 수 있다고?
그렇게 믿는 차준후를 보면서 솔직히 감동받았다.
"사장님의 능력을 믿습니다. 보여 주시지요."
"플라스틱으로 명품을 만드는 일을 해 보자고."
황순우가 플라스틱 기계에 달라붙었다.
눈을 담은 새하얀 색과 유광을 내기 위해 지속적인 개선이 이어졌다.
수많은 플라스틱이 버려졌다.
"이제 티끌은 보이지 않네요."
"다행이군."
"그런데 광채는 부족해요. 아시죠? 밝지 않으니까 매력적이지 않잖아요. 이런 식이면 시각적으로 저렴한 냄새가 나요."

차준후가 완성도니 플라스틱 용기를 햇볕에 비쳐 봤다.

빛이 일정하게 반사되지 않고 분산됐다.

용기 표면이 울퉁불퉁하다는 의미이다.

"플라스틱에서 밝은 채도를 표현하기란 원래 어려워. 제조 공정에서 아무리 곡면을 깔끔히 만들려고 해도 평평하지 않아서 유광 마감이 어렵기 때문이야. 맞추기가 쉽지 않아."

황순우가 곤혹스러워했다.

플라스틱 무광 마감이 많은 이유다.

"어려운 것이지 불가능한 건 아니잖습니까. 제대로 된 유광 플라스틱을 만들어 내면 사람들이 모두 놀랄 겁니다."

"해 보자고."

플라스틱 기계가 연신 돌아간다.

후끈한 열기가 기계에서 흘러나왔다.

기계에 바짝 붙어 있는 두 사람이 땀에 흠뻑 젖어 갔다.

* * *

차준후를 만족시키지 못하는 물건들이 계속 쏟아져 나왔다. 그렇지만 조금씩 더 밝은 채도를 지닌 용기들이 나오고 있었다.

"흠!"

차준후가 손에 든 펜슬형 용기를 햇볕에 비쳐 보았다.
빛이 대체적으로 가지런하게 퍼졌다.
굴곡지거나 산만하게 흩어지는 부분도 조금 보였다.
"제발…… 더 이상 어떻게 해 볼 방법이 떠오르지 않아."
조마조마한 심정으로 황순우가 차준후의 입을 뚫어져라 바라보았다
"됐네요. 성공작입니다."
차준후가 손에 든 새하얀 유광의 펜슬형 용기를 들고서 만족스러워했다.
불만족한 부분이 있지만 합격을 주기에 충분했다.
"내 손으로 만들었지만 정말 기가 막히게 뽑혔군."
"멋진 작품입니다."
"자네와 함께 만들었기에 가능했어. 됐다고 할 때까지 달리다 보니까 성공작이 나온 거야."
"이제 마구 찍어 내시면 됩니다. 백만 개까지."
"고생한 보람이 있군."
황순우가 대량 주문을 반겼다.
장인 정신을 가지고 있는 기술자를 만나서 다행이었지, 사실 펜슬형 용기를 만드는 게 무리한 주문일 수도 있었다.
탁월한 장인 정신을 가진 황순우에게 차준후가 물었다.
"사장님, 플라스틱 도금은 하지 않나요?"

물리적·화학적 처리인 도금을 통해 플라스틱의 한계를 뛰어넘을 수 있다.

"플라스틱 도금? 비싸서 찾는 사람들이 없어. 있어 봤자 조금씩 해 달라고 하니, 수지 타산이 맞지 않아."

단순한 플라스틱만 찾는 시기이다.

가격이 저렴하고 품질 좋은 걸 찾는 고객들이다.

그런 물건이 있을 턱이 있나.

가격이 저렴하면 품질 떨어지는 물건이 생산된다.

이익을 봐야 하는 장사란 게 그렇다.

"수지 타산을 맞춰 주는 고객이 있으면요?"

"응? 자네가?"

"플라스틱을 아름다운 금속 제품으로 보이게 하고, 금속 못지않은 강한 성질을 갖게 하는 게 도금 기술의 힘으로 알고 있습니다. 저는 그런 도금을 한 비싸고 고급스런 플라스틱 용기가 필요합니다. 혁신적인 제품에 저렴한 용기를 사용하고 싶지 않으니까요."

차준후가 고급스런 플라스틱 생산을 촉구했다.

플라스틱 도금 수지의 미래는 밝다.

경제 성장과 함께 고성능 플라스틱을 찾는 소요는 많아지고, 활용법은 더욱 다양해진다.

"제대로 된 물건만 생산하세요. 단가는 제가 맞춰 드리겠습니다."

"하아! 알았네. 열심히 공부해야겠군."

황순우가 공장에 도금 과정을 만들기로 결심했다.

'젊은 청년처럼 높은 곳을 바라보자.'

최고의 화장품을 만들겠다고 이야기하는 차준후에게 감명을 받았다. 그리고 저렴한 플라스틱만 만드는 일에 신물이 나기도 했다.

"용기를 만들다 보니 벌써 6시가 훌쩍 넘어갔군. 저녁 식사나 하러 가자고."

"네."

차준후가 반겼다.

끼니를 제때 챙기지 못하고 일에 열중했다.

배가 고팠다.

"여기 올갱이 해장국 아주 맛있게 하는 집이 있네. 그곳으로 가서 약주를 겸해서 식사하세나."

"생각만 해도 군침이 도네요."

"가세나."

황순우가 휘적휘적 걸었다.

그 옆에서 차준후가 함께 걸어갔다.

* * *

입술 치료제인 립밤보다 정작 펜슬형 용기가 비쌌다.

배보다 배꼽이 더 값이 나가는 웃지 못할 경우가 발생했다.

차준후가 흔쾌하게 백만 개의 비용을 일시불로 지불하였다.

성형 플라스틱 공업소에서 펜슬형 용기 40만 개를 조립할 수 있는 부품들을 먼저 배달했다.

플라스틱 펜슬형 부품들이 볏짚으로 만든 쌀가마니에 싸여서 스카이 포레스트 공장에 도착했다.

"헉!"

차준후가 그 모습에 기겁할 수밖에 없었다.

"위생 관념이 엉망이구나. 쌀가마니로 배달될 줄은 미처 몰랐다."

마대, 비닐 포대, 종이 포대 등이 대량 생산됨에 따라 찾아보기 힘들게 된 쌀가마니가 펜슬형 용기들 포장재로 납품됐다.

이 시기에는 쌀가마니가 포장재의 대세였구나.

미처 챙기지 못한 차준후의 실수였다.

"포장재 비용까지 부담해야겠다고 전화해야겠다."

실수를 바로잡아야 한다.

돈으로.

트럭에서 내린 쌀가마니들이 공터 한쪽에 차곡차곡 쌓였다.

지게차와 같은 장비가 없는 시기였기에 공장에 들어오고 나가는 모든 걸 사람의 손으로 옮겨야 했다.

"힘내서 작업장으로 옮겨 봅시다. 이얍!"

최우덕이 가장 먼저 쌀가마니를 번쩍 들어 어깨에 올리고 성큼성큼 걸어갔다.

"이런 일은 제가 적격이지요. 두 개 정도 올리면 쌀 한 가마니 무게 정도인데, 한 개 더 올리면 옮기기 적당합니다."

면접 때 쌀가게에서 일했다고 말했던 사내 길성진이 쌀가마니 세 개를 어깨에 올려놓았다.

무려 120킬로이다.

쌀을 번쩍번쩍 들었다고 하더니 정말 장사였다.

"힘 좋네."

차준후가 세 개를 짊어지고도 성큼성큼 걸어가는 모습에 감탄했다.

"나도 힘을 보태 볼까."

차준후가 양복 재킷을 벗으며 동참했다.

힘들고 고된 작업에 사장과 직원의 신분 구분을 할 필요가 없었다.

보통 사장이라고 하면 사장실에서 편하게 일하고, 직원들이 고된 일을 하는 게 대부분이다. 그럼에도 차준후가 함께 일하며 솔선수범했다.

"합!"

쌀가마니 하나를 들어서 어깨에 짊어졌다.

"음!"

무거웠다.

40킬로 무게가 어깨를 강하게 짓눌렀다.

쌀가마니 하나를 더 올렸다가는 허리가 반으로 접힐 것만 같았다. 젊은 20대의 육체임에도 불구하고 근육이 상당히 부족했다.

"운동 좀 해야겠구나."

쌀가마니를 하나만 짊어지고 걸음을 내디디면서 부족한 육체를 개선해야겠다고 다짐했다.

근력 강화, 지구력 향상 등 전반적인 체력 향상이라는 목표를 만들어 냈다.

"헬스장, 아니 체력 단련실을 만들어야겠어."

아령과 바벨, 벤치 프레스 등 체력 단련실을 회사 내부에 설치하여 매일 운동할 생각이었다.

꾸준하게 운동하다 보면 육체가 건강해진다.

"영희 엄마! 너무 무리하는 거 아냐?"

"쌀가마니 한 개 무게도 안 되잖아요. 겨우 반 가마니 무게인데, 이 정도는 거뜬하죠."

"허리 나가면 위험해."

"걱정하지 마세요. 충분히 할 수 있어요."

여성 직원들도 거들고 나섰다.

열정적으로 일하는 직원들에 남녀 구분이 없었다.

모든 직원이 열심히 쌀가마니를 옮겼다.

작업장에 쌀가마니가 산적했다.

"펜슬형 용기를 제작하기 전에 이물질 제거부터 해야 합니다. 입술에 사용하는 물건이라 무엇보다 청결해야 하니까, 꼼꼼하게 닦아 내세요."

차준후가 펜슬형 용기의 부품들을 손으로 하나하나 섬세하게 닦았다.

펜슬형 용기 부품들에는 플라스틱 사출 과정에서 묻은 이물질들과 쌀가마니에 싸여서 운반하는 과정 등에서 이물질들이 묻어 있었다.

"티끌 하나 안 묻어나도록 해 봅시다."

"사장님 말씀 잘 들었지? 잘하자."

"모두 신경 써서 만들어. 회사와 사장님의 명성에 누를 끼치지 말아야 해."

직원들이 차준후를 따라서 펜슬형 용기 부품들을 세척해 나갔다.

산처럼 쌓여 있는 엄청난 부품들의 양이다.

깨끗하게 닦은 부품들을 소쿠리에 가득 담아 옥상의 건조대로 옮겼다.

작업대에서는 쉴 새 없이 세척 작업이 이뤄졌고, 여직

원들이 무거운 소쿠리를 들고 옥상을 쉴 새 없이 오갔다.
 여간 번거로운 작업이 아니었다.
 '자동화가 너무 그립다.'
 분주하게 손을 놀리고 있는 차준후가 모든 작업을 사람의 손으로 하고 있다는 사실에 안타까워했다.

* * *

 스카이 포레스트 공장에서 립밤 프리덤과 립글로스 오아시스의 대량 생산이 이뤄졌다.
 4그램의 소박한 용량인 립밤이었기에 스텐 통 안에 40킬로 이상의 밀랍을 가득 넣고 중탕하면 한 번에 만개 이상의 립밤이 생산됐다.
 전쟁 전의 수준을 넘어 차츰 성장하는 양봉 업계였기에 밀랍을 구하는 데는 아무런 지장이 없었다.
 주재료인 밀랍은 남아돌았다.
 소량으로 들어가는 부재료들인 올리브 오일과 향료 등도 크게 문제가 되지 않았다.
 "일태 엄마! 손이 빠르네."
 30명 정도의 사람들이 분주하게 손을 놀렸다.
 "간만에 일하는 느낌이 난다. 그동안 너무 편안했어."
 "맞아, 이러다가 잘릴 수도 있다고 생각했다니까."

"분주하게 일하니까 정말 좋다."

골든 이글을 포장하고 생산하고 있었지만 생산량이 많지 않다 보니 직장 생활에 여유가 넘쳤다.

노동자들은 하루에 12시간에서 최고 16시간씩의 중노동에 시달렸고, 임금까지 착취당했다.

무자비하게 혹사당하는 삶이다.

그런데 오전 9시에 시작해서 점심시간을 철저하게 지키고, 맛있는 점심을 먹고 난 뒤 오후 1시부터 6시까지 근무를 하면 끝이다.

6시에 모든 직원이 퇴근한다.

작업 환경은 천국이나 다름없었다.

차준후는 직원들이 여유로운 시간을 보낸다는 걸 알았지만 해고를 하지 않았다. 바빠질 걸 알았기 때문이기도 했고, 배려이기도 했다.

"이야! 이 용기, 무척이나 신기해."

"돌리면 위로 올라갔다가 반대로 회전시키면 아래로 내려온다."

직원들이 의자에 앉아서 펜슬형 용기를 조립하고 있었다.

"이번 제품 이름이 립…… 밤이라고 했지? 영어니까, 도통 입에 달라붙지 않아."

"입술 보호제라고 들었어."

"프리덤이 남녀 공용이고, 오아시스가 여성을 위한 제품이래."

직원들이 의자에 앉아서 펜슬형 용기들을 하나씩 조립해 나갔다.

"하나씩 꽂으니까 쉽게 조립된다."

"어렵지 않으니까 좋다."

조립에 익숙해진 사람들이 몇 초 만에 하나의 용기를 뚝딱 만들어 냈다.

옆의 작업대에서는 조립된 펜슬형 용기에 공영소에서 만들어 온 상표를 부착했다.

완성된 립밤과 립글로스 용기는 깔끔하면서도 세련됐다.

그저 휴대하고 있든 자체만으로도 소위 있어 보였다.

너무 예뻐서 다 사용하고도 펜슬형 용기를 버리기 아까울 정도였다.

"어라? 영희 엄마! 입술이 왜 그렇게 반짝거리는 거야? 내외가 함께 직장을 다니니까 살림 폈다고 아침부터 고기라도 먹고 나온 거야?"

배분례의 입술을 아주머니 한 명이 유심히 바라보았다.

붉은 입술에 광택이 자르르 흘렀다.

혈색 넘치는 입술이 얼굴을 환하게 밝혔다.

평소와 똑같은 모습에 입술만 달라졌을 뿐인데 사람이 달라 보였다.

"순자 엄마도 입술에 광택을 두르고 있어."

공장장 최우덕의 부인 심애순의 입술이 반짝반짝 빛나고 있었다.

"입술이 엄청 반짝이는데……?"

"보기 좋다. 설마?"

"이실직고해 봐. 지금 입술에 바른 거 신제품 입술 보호제인 오아시스이지?"

여인들의 시선이 두 부인의 입술에 비수처럼 꽂혔다.

"오아시스를 어제 남편이 퇴근할 때 집으로 가지고 왔어요. 사장님께서 사용 후기를 듣고 싶다고 하시더라고요. 그래서 바르고 출근한 거죠."

"저도 마찬가지예요."

두 여인이 이실직고했다.

"사장님을 만나면 나도 체험을 해 보고 싶다고 이야기해 봐야겠다. 안 된다고 하면 돈을 주고서라도 사고 말테야."

"저도요."

여인들이 하나같이 동의했다.

변변찮은 화장품이 없는 시기이다.

얼굴에 바를 수 있는 좋은 품질의 분백분과 크림들의

가격이 비싸기도 하다.
 입술에만 가볍게 발라서 미모가 달라질 수 있으니 지갑을 열 수밖에 없었다.

제4장.

서은영

서은영

 스카이 포레스트 공장에서 립밤과 립글로스 대량 생산 과정이 착착 이뤄지고 있었다.
 직원들의 반응으로 볼 때 새롭게 시장에 출시될 신제품 성공이 이미 확정된 거나 다름없었다.
 특히 호불호가 갈릴 수 있다고 우려한 립글로스 오아시스에 대한 여인들의 호응이 폭발적이었다.
 스카이 포레스트를 사람들에게 더욱 각인시켜 줄 수 있는 립밤과 립글로스의 출격이 멀지 않았다.
 "용기 조립 일은 할 만한가요?"
 차준후가 조립 과정을 보기 위해 찾아왔다.
 "사장님, 여기 두 여인에게만 립글로스를 준 건 너무한 처사예요. 저희도 체험할 수 있게 해 주세요."

"맞아요. 저도 생생한 체험 후기를 남길게요."

"립글로스를 입술에 발라 보고 싶어요."

나이를 떠나 모든 여인이 아우성이었다.

이제 곧 출시를 앞뒀기에 체험하겠다는 사람들이 딱히 더 필요하지 않았지만 그렇다고 나쁜 것도 아니었다.

"직원들이 열렬히 원한다면 체험을 해 봐야겠죠. 최우덕 공장장에게 말해 둘 테니까 하나씩 가져가서 사용해 보세요."

여직원들의 요청을 차준후가 흔쾌히 받아들였다.

"감사합니다."

"사장님, 사랑해요."

"와아! 우리 사장님, 멋져요."

립글로스 하나에 열광한 여직원들이 차준후를 마구 추켜세웠다.

'여인들의 반응이 무서울 정도로 폭발적이네.'

여자가 아니었기에 잘 몰랐다.

여인들이 아름다워지기 위해서 얼마나 무섭게 집중하는지를.

립글로스가 1960년대 여인들에게 마법처럼 다가섰다.

'호불호 갈릴 거라고 예상한 립글로스가 시장에 출시되면 어떤 반응이 나올까?'

너무나도 궁금했다.

이제 그날이 얼마 남지 않았다.
며칠 후 직접 목격할 수 있다.

* * *

오후 5시 50분.
퇴근 시간이 멀지 않았다.
종운지가 차준후를 힐끔거리며 바라보았다.
"사장님."
"무슨 일이죠?"
"저……."
종운지가 말끝을 흐리며 주저했다.
"부담감 가지지 말고 편하게 말하세요."
"저도 립글로스 하나 받아 가도 될까요?"
종운지가 시선을 피하면서 이야기했다.
여직원들이 모두 립글로스를 받아 갔다고 했는데, 자신도 받고 싶었다. 반짝거리는 여인들의 입술을 보고 있자니 도저히 참을 수가 없었다.
응?
용건이 겨우 그거였니?
엄청나게 대단한 걸 요구할 줄 알았다.
"지금 가서 받고 퇴근하세요. 종운지 씨도 회사 여직원이잖아요. 내일 출근해서 체험 후기나 알려 주세요."

"제가 생생한 경험담을 들려 드릴게요."

환하게 웃으며 사장실에서 뛰쳐나갔다.

꼼꼼하고 세심하게 일하던 종운지도 아직 젊은 여인이었다.

"립글로스 하나에 행복해질 수 있다니, 순수하고 좋을 때구나."

차준후가 웃으며 퇴근 준비를 했다.

* * *

메밀 막국수를 깔끔하게 먹은 차준후가 마지막 남은 육전 한 조각을 입으로 가져갔다.

맛있다.

집에 돌아가기 전에 항상 저녁 식사를 해결하고 돌아갔다.

"잘 먹었습니다."

음식값을 지불하고 백암 메밀 막국수를 나섰다.

일찍 돌아가도 기다려 주는 사람이 없었기에 밖에서 적당하게 시간을 보내다가 돌아가고 있었다.

터벅! 터벅!

도로 한 쪽에서 풀빵 기계를 놓고 판매하고 있는 사람

이 보였다.
 풀빵 틀 아래에서 장작불이 자작자작 타오르고 있다.
 풀빵 굽는 고소한 냄새가 자극적이다.
 방금 전 식사를 든든하게 하고 나왔는데도 불구하고 군것질거리를 참을 수가 없었다.
 아직까지 날씨가 선선했다.
 국화빵과 붕어빵이 생각날 때였다.
 그러나 아직 등장하지 않았기에 풀빵으로 만족해야만 한다.
 "풀빵 주세요."
 "여기 있어요. 맛있게 드세요."
 상인에게 돈을 건넸다.
 풀빵이 든 종이봉투를 받아 들었다.
 막 구워서 뜨거운 풀빵을 호호 불어 가며 먹었다.
 "맛있네. 잘 구워졌어."
 겉은 바삭하고 속은 촉촉한 풀빵이다.
 배가 부른 상태인데도 자꾸만 손이 갔다.
 풀빵을 하나씩 빼 먹으면서 집을 향해 걸어갔다.
 약간의 경사를 지닌 인도를 걷고 있을 때였다.
 도로를 따라 달리던 붉은색 미국 포드의 스타 라이너 한 대가 옆에 멈췄다.
 지이잉!

뒷좌석의 창문이 내려갔다.

"준후야! 언제 완쾌한 거야?"

젊은 여자가 차준후를 보면 반가운 기색을 드러냈다.

누구?

차준후가 여인을 바라보며 잠깐 고민했다.

'서은영.'

머릿속에 여인의 이름이 떠올랐다.

차준후 집안과 각별하게 지내던 부유층 집안의 여식으로 나이가 똑같았다.

몇몇 기억이 떠올랐다 사라지기를 반복했다.

기억들을 통해 서은영에 대해서 알게 됐다.

그런데 그 기억이 모두 온전하지 않았다.

제대로 전달된 기억도 있었지만 군데군데 잘리거나 희석되어 있는 기억들이 더 많았다.

'신화 백화점 딸!'

서울에 있는 백화점 가운데 한 곳을 운영하고 있는 부유층 집안의 셋째 딸이 바로 서은영이다.

땅값이 비싸기로 유명한 종로에 위치한 신화 백화점이다.

위치적으로는 일등이지만 백화점 업계 매출에서는 삼등을 달리고 있다.

"……."

차준후로서 깨어난 뒤 처음으로 친하게 지냈던 사람을 만나게 되자 얼어붙었다.
 딸깍!
 서은영이 차 문을 열고 밖으로 나왔다.
 늘씬한 몸매를 자랑하는 아름다운 미모의 그녀가 차준후에게로 바짝 접근했다.
 "멀쩡해 보여서 정말 다행이다. 걱정했었어."
 "……."
 차준후가 풀빵 종이봉투를 들고서 가만히 서 있었다.
 솔직히 뭐라고 대화를 해야 할지 몰랐다.
 "왜 아무 말도 하지 않는 거야?"
 여자가 살포시 미간을 찌푸렸다.
 꿀꺽!
 차준후가 입안에 있던 풀빵을 삼켰다.
 "풀빵 때문에."
 "뭐? 내가 풀빵보다 못하다는 소리야."
 "입안에 음식이 든 채로 말하는 건 예의가 아니잖아."
 "웃겨."
 "하나 먹을래?"
 "좋아."
 그녀가 풀빵 하나를 입에 넣고 오물거렸다.
 "고소하고 달아서 맛있네."

"팥이 한가득 들어간 풀빵을 상인이 하나씩 정성스럽게 구웠거든."

"길거리에서 군것질하는 거 그다지 좋아하지 않았잖아."

서은영이 차준후를 빤히 바라보았다.

"사람은 변하는 거니까. 어제와 오늘, 그리고 내일의 나는 다른 사람이야."

차준후가 대수롭지 않게 이야기했다.

사람이 살아가다 보면 항상 똑같은 선택을 하는 게 아니다.

그리고…….

간접적으로나마 자신이 차준후가 아니라는 진솔한 고백이기도 했다.

어느 누구에게도 밝힐 수 없는 이야기였다.

"사람이 변했어."

서은영의 차준후의 미묘한 변화를 알아차렸다.

그렇지만 그럴 수도 있다고 내심 받아들였다.

'충격이 컸구나.'

사고로 한순간에 부모를 잃어버린 차준후의 심경을 이해했다.

아픔을 동정한다는 여인의 눈초리.

'역시나. 진실을 알아챌 리가 없지.'

이렇게 진행될 걸 뻔히 알았기에 차준후가 나름 고백을 할 수 있었다.

"집으로 가는 길이야? 차 타고 가자."

"아니, 걸어가려고. 바람을 맞으며 걸어가는 느낌이 좋아."

차준후가 풀빵 하나를 입에 넣었다.

따뜻한 온기가 사라지고 식어 버린 풀빵이었지만 여전히 맛있었다.

"정말? 그럼 나도 걸어갈래."

그녀가 차준후의 옆에 나란히 섰다.

"저녁은 먹었어? 풀빵으로 해결하면 몸이 축날 수도 있어."

"메밀 막국수에 육전을 먹고 나왔어."

"요기 아래에 위치한 백암 메밀 막국수?"

차준후가 말없이 고개만 끄덕였다.

"거기면 맛이 좋지만 양도 장난 아니게 많은 곳인데. 메밀 막국수에 육전까지 먹고 거기다 풀빵도 먹고 있는 거라고?"

"그래."

"못 본 사이에 대식가가 되었네."

"근래 들어 식욕이 많이 당기더라."

병원에서 깨어나고 난 뒤 맛있는 음식들을 먹는 재미에

들렸다.

식도락 취미가 생겼다고 할까!

매일 새롭게 먹는 맛있는 음식들에 대해 감사하고 있었다.

"언제 한번 백화점으로 찾아와. 정말 맛있는 요리를 대접할 테니까."

신화 백화점의 지하 1층에는 유명한 음식점들이 영업 중이었다.

대학교를 졸업하고 난 뒤 아버지를 도와 신화 백화점에서 근무하고 있는 그녀다.

"다음에 시간이 나면 가 볼게."

"웃겨, 식사를 대접한다는데 시간을 내서라도 와야지."

"알았어."

차준후가 웃었다.

언제 한번 이 시대의 백화점을 방문할 생각이 있었다.

겸사겸사 식사를 하고, 최고의 물건들을 구비한 백화점을 통해 시장조사를 할 계획이다.

차준후와 서은영이 인도를 천천히 걸어갔다.

그들의 뒤를 따라 헤드라이트를 켠 스타 라이너가 느린 속도로 뒤따랐다.

"바쁜가 봐? 시간을 낸다고 말하는 걸 보면?"

"응! 조금 바쁘네."

"뭐 하느라 바빠?"

"용산에 회사 하나 차렸어."

"회사?"

서은영이 목소리를 높였다.

아버지를 따라 고위 공무원을 꿈꾸던 차준후가 회사를 창업했다는 소식에 눈을 동그랗게 치켜떴다.

걷던 걸음까지 멈췄을 정도로 진짜 놀랐다.

"창업한 지 얼마 안 됐어. 그래서 처리해야 할 일들이 많아."

차준후가 천천히 걸었다.

그녀가 걸음을 내디디며 차준후와 보폭을 맞췄다.

"사장이 됐으면 바쁜 게 당연해. 백화점에서 일하다 보니 처리해야 할 일이 엄청 많더라. 종일 바쁘게 움직이는데도 불구하고 매일 산처럼 일들이 쌓여 있어. 숨이 막힐 정도라니까."

그녀가 툴툴거렸다.

숨이 막히는 느낌을 받지 못한 차준후가 말없이 웃었다. 산적한 일들을 하나하나 열심히 해결하다 보면 살아있다는 느낌을 강하게 받았다.

"웃어? 남 일이라 이거지. 용산에서 무슨 일 하고 있는데?"

"화장품을 만들고 있어."

"용산에 근래 유명해진 공장 하나 있는데, 같은 업종이니까 알고 있겠네?"

"스카이 포레스트."

"잘 알고 있네. 기왕이면 스카이 포레스트처럼 유명해져 봐."

"……."

자신의 회사를 들먹이며 말하기에 뭐라 대답하기에 어려웠다.

"백화점 내부에서 골든 이글을 납품받으려고 하고 있어. 아니면 스카이 포레스트를 입점시켜서 백화점 업계에서는 독점을 하겠다는 계획까지 논의하고 있지. 화장품을 만들면 이 회사만큼 성공하겠다는 포부를 세워 봐."

"그렇구나. 신화 백화점이 그런 계획을 세우고 있구나."

"회사 이름이 뭔데?"

"스카이 포레스트."

"뭐?"

서은영이 다시금 멈춰 섰다.

엄청난 충격을 받았다.

방금 전까지 스카이 포레스트를 거론하면서 본받으라고 했는데…….

정작 그 회사를 창업한 사람이 바로 차준후란다.

"……."

말문을 잃어버린 채 차준후의 등만 멍하니 바라보았다.
넓은 사내의 등이 점점 멀어져 갔다.
"같이 가. 정말 네 회사라고?"
"그래."
"우리 신화 백화점에 골든 이글을 공급해 줘. 그리고 백화점 업계에서는 신화 백화점에만 독점으로 주면 좋겠어."
"골든 이글을 소량 공급하는 건 어렵지 않지. 그러나 독점 공급은 불가능이야."
"아! 그렇구나."
서은영이 곧바로 납득했다.
무리한 요구였다는 걸 애당초 알았기 때문이다.
성운 유통사가 독점 총판 계약을 맺기 위해 스카이 포레스트를 찾았다가 거절당했다는 소문이 업계에 파다했다.
골든 이글을 스카이 포레스트에서 신규로 구입하는 게 무척 어려웠다. 기존 거래처에 물량을 공급하기도 힘든 스카이 포레스트에서 신규 거래처를 좀처럼 늘리지 않고 있다.

* * *

"조만간 스카이 포레스트에 찾아갈게. 네 덕분에 백화점에서 큰소리를 칠 수가 있겠다. 고마워."

서은영이 환하게 웃었다.

백화점에서 주로 여성 의류와 화장품 등을 담당하고 있었다.

종로라는 목 좋은 위치에도 불구하고 매출이 백화점 업계에서 세 번째라는 사실이 마음 아팠다.

그녀의 아버지가 아침부터 밤늦게까지 열심히 일하고 있었지만 1위와 2위의 두꺼운 벽을 깨지 못하고 있었다.

"이런 일은 해 줄 수 있지. 이웃사촌이잖아."

대단한 일이 아니다.

소량의 골든 이글 물량을 빼내 신화 백화점에 납품하면 그만이다.

단순한 이웃사촌에 대한 배려이다.

"이웃사촌? 정겨운 표현이다."

"가까운 이웃이 먼 사촌보다 낫잖아."

"그럼 우리는 사촌 형제나 다를 바 없이 가까운 이웃이네."

"집을 사려면 이웃을 먼저 보라는 말이 있어."

이웃이 그만큼 중요하다는 뜻이다.

아파트에서 살다 보면 이웃사촌의 소중함을 뼈저리게 알게 된다.

잘못 만난 이웃사촌은 그야말로 재앙 덩어리로 돌변하고는 한다.

층간 소음!

격간 소음!

전생에서 아파트에서 살다가 고생했던 기억이 떠올랐다.

부르르!

떠올리기만 해도 치가 떨린다.

"오늘따라 재미난 말 많이 한다. 네가 이처럼 재미난 줄 미처 몰랐어."

"그냥 경험하다 보니 알겠더라고."

차준후가 쓴웃음을 지었다.

"지금 표정 너무 늙어 보였어."

"……."

삶의 무게가 녹아들어 있는 모습을 그녀가 곧바로 잡아냈기에 아무 말도 하지 않았다.

걷다 보니 현대식으로 지은 3층 건물이 모습을 드러냈다.

푸른 잔디 정원이 쫙 펼쳐져 있는 그림에 그린 듯 아름다운 대저택이다.

스타 라이너 차량이 나타나자, 닫혀 있던 정문이 양쪽으로 쫙 열렸다.

그 사이로 정문을 지키고 있던 집사가 모습을 드러냈다.

"아가씨, 오셨습니까? 준후 도련님을 뵙습니다."

집사가 서은영과 차준후에게 고개를 숙였다.

부유한 서은영의 저택에는 집사를 비롯하여 식모와 정원사, 경비원 등 수십 명의 일꾼이 함께 거주하고 있었다.

지금은 없지만 차준후의 저택에도 한때는 많은 일꾼이 함께했었다.

"……"

차준후가 묵례하며 간단하게 인사했다.

머릿속 집사에 대한 기억들이 단편적으로 떠올랐다가 사라졌다.

중요하지 않은 기억들이다.

'얽힌 인연에 연연하면 허망하게 살아갈 뿐, 난 나의 삶을 살아간다. 새롭게 만들어 가는 인연은 차준후의 기억 때문이 아니라 나의 의지가 바탕이 되어야 한다.'

기존에 인연이 살짝 닿은 사람들과 일일이 친분을 다시 맺고 싶지도 않았다.

"다음에 보자."

"응!"

차준후가 서은영에게 인사하고 난 뒤 곧바로 등을 돌렸다.

"뭔가 변한 것 같지요?"

그녀가 멀어지고 있는 사내를 바라보았다.

"어른이 되어 가고 있는 겁니다."

"어른이요?"

"아픈 만큼 성숙해진다고 하잖습니까."

"……몇 개월 못 본 사이에 어른이 되어 버렸더라고요. 지독하게 아팠기 때문일까요?"

집사의 이야기에 서은영이 납득했다.

성숙한 것이 아니라 사람이 바뀐 거다.

두 사람이 모두 엉뚱한 결론을 내리고 있었다.

"준후가 스카이 포레스트의 창업자라고 하더라고요."

"네?"

집사가 놀라서 반문하듯 되물었다.

너무 놀랐기에 실례를 범하고 말았다.

모시고 있는 저택의 주인이 스카이 포레스트 창업주를 몇 번이나 입에 올리며 대단히 놀라운 일을 해냈다고 치켜세웠었다.

그런 당사자가 바로 차준후였다니.

결코 상상이 되지 않았다.

서은영이 충분히 이해했다.

방금 전 자신이 똑같은 모습을 선보였기에.

"예전에는 저 등이 작아 보였는데, 오늘따라 커 보이네요?"

"다음에 보면 따뜻하게 안아 주세요. 아파하는 사내는 사람의 따뜻한 품을 그리워하기 마련입니다."

가족을 잃어버려 슬퍼하는 사람에게는 가족이 답이다.

사람에게 받은 상처는 사람을 통해 치유되는 법!

젊은 사내가 사랑을 하고 가족을 꾸리면 아픔이 희석될 수 있다.

집사는 서은영이 차준후에게 호감을 느끼고 있다는 걸 알아차렸다.

"그럴까요? 정말 좋아할까요?"

"물론이죠. 미녀가 안아 주는데 싫어할 남자가 어디에 있겠습니까?"

집사가 적극적인 접근을 주문하고 있었다.

* * *

출근하고 아이스 아메리카노를 마시며 아침의 여유를 즐기고 있을 때였다.

사장실에 전화 한 통이 걸려 왔다.

- 외상값 받으러 오세요.

권지혜가 영업 사원 차준후를 불렀다.

"영업 나가시려고요?"

종운지가 놀랐다.

제품 개발과 제품 생산, 직원 회의, 그리고 공장에 찾아오는 사람들과의 상담 및 만남 등 여러모로 바쁜 차준후다.

옆에서 지켜볼 때 찰나의 시간이 엄청나게 소중한 사장님이다.

겨우 시장의 일개 점포에 영업을 뛰러 간다고?

아래의 영업 직원을 보내면 충분한 일이다.

호미로 막을 일을 가래가 나서는 격이다.

"돈 준다고 오라고 하네요."

"계속하실 생각이세요?"

"사장실에만 있지 않고 밖에 나가 보니 재밌더라고요. 제가 만든 물건이 팔리고, 또 어떤 반응이 나오는지 실시간으로 확인할 수도 있습니다. 그래서 직접 영업을 뛰는 겁니다."

"사장님께 어울리는 일이 아니라고 생각해요."

차준후는 영업을 그만둘 생각이 없다.

종운지가 자신을 엄청나게 대단한 사람으로 여긴다는 걸 안다.

그리고 실제로 그렇게 대하며 보좌한다.

"전 그렇게 대단한 사람이 아닙니다. 그저 조금 멀리 보는 것뿐이죠."

차준후가 말했다.

말 그대로다.

미래에서 왔기에 더욱 멀리 보고 대응할 수 있다.

그것이 전부다.

"아니에요. 사장님은 놀라울 정도로 대단하신 분이에요. 골든 이글을 만들어서 일제를 압도했고, 립밤과 립글로스도 만드셨으니까. 자상한 마음씨는 더 말할 필요도 없죠. 스스로를 하찮게 낮추지 마세요."

종운지가 동의하지 않았다.

존경하는 사장님이다.

놀라운 제품을 연구하고 만들어 내는 것도 놀라웠지만 직원들을 대하는 따뜻한 마음은 더욱 감탄스러웠다.

직원들을 착취하고 혹사시키는 시기이다.

그럼에도 일하겠다는 사람들로 넘쳐 난다.

그녀가 보고 들으며 경험한 어느 공장이나 회사에서도 스카이 포레스트처럼 따뜻하고 안락한 직장이 없다.

"영업 나갔다 올게요."

차준후가 말하며 사장실을 벗어났다.

계속 머물렀다가는 더욱 찬양하는 소리가 나올 것만 같았다.

오그라드는 느낌이었다.

"해야 한다고 생각하기에 하는 것뿐인데……."

인권 보호와 직원이 효율적으로 일할 수 있는 환경 등

을 조성해 줬을 뿐이다.

대단한 일이 아니다.

미래에서는 잘나가는 모든 회사가 행하는 일이다.

좋은 직원을 구하기가 힘드니까.

훌륭한 재능을 지닌 직원이 갑이 되는 시기가 도래한다.

"사장님, 그게 대단한 거예요."

종운지가 닫힌 문 사이로 들려오는 차준후의 말을 들으며 작게 중얼거렸다.

"사장님은 대수롭지 않게 여기시지만 그걸 직접 겪고 있는 저를 비롯한 직원들은 달라요. 어디서도 이런 대우를 받아 본 적이 없으니까요."

사람다운 대우!

웃으면서 편안하게 일할 수 있는 직장!

직전 직장과 하늘과 땅 차이였다.

* * *

용산 후암 시장이 오늘도 많은 사람으로 분주했다.

오전 10시가 갓 넘은 시간 도화 상점에 사람들이 몰렸다.

"지혜야! 골든 이글 있다며? 한 개만 줘."

"언니, 다 팔린 지가 언제인데 지금 와서 찾는 거예요. 다음에 와요."

"없어?"

"품절이에요. 가져다 달라고 했는데, 아직까지 감감무소식이네요."

"애 아빠가 출근하면서 한 개 사 오라고 이야기했는데, 어떻게 하지?

"어! 잠깐만 기다려 봐요. 회사 영업 사원이 저기에 오고 있네요."

차준후가 쌀집 자전거를 끌면서 다가오고 있었다.

"잘 지냈나요?"

"안녕 못했어요. 골든 이글 가져다 달라고 며칠 전부터 이야기했는데 왜 지금 와요? 내가 손님들에게 얼마나 시달렸는지 알아요?"

"미안해요. 빨리 오려고 했는데 물량이 딸려서요. 어렵게 세 박스 가지고 왔네요."

차준후가 짐칸에서 세 박스의 상자를 들어서 상점에 내려놓았다.

"70환이에요."

"드디어 구했네. 고마워."

권지혜가 골든 이글을 손님에게 하나 팔았다.

판 상인보다 구매한 손님이 오히려 더 고마워했다.

요 며칠 사이에 골든 이글에 대한 인기가 폭발적으로 늘어났다. 그리고 그 인기가 줄어들지 않고 더욱 커져만 갔다.

월간천하에서 첫 기사가 나온 이후 일간지인 신문들에서 일본을 압도하는 골든 이글에 대한 이야기들이 연달아 튀어나왔다.

처음보다는 줄어들었지만 아직도 여러 매체에서 골든 이글을 보도하고 있었다.

월간지에 특종을 빼앗겼다고 일간지와 주간지 편집 팀장들이 크게 분노하며 소속 기자들을 들들 볶았다는 이야기가 있다.

"여기 저번에 준 물품값 받아요."

"감사합니다. 골든 이글 한 상자 대금, 분명히 받았습니다."

차준후가 영업 수첩에 외상으로 준 물량과 수금 금액을 기록했다.

"찾는 손님이 많아요. 그런데 겨우 세 상자만 가지고 온 건가요?"

권지혜가 살포시 미간을 찌푸렸다.

소위 잘 팔리는 상품을 많이 받지 못한 아쉬움이다.

"물량이 부족해서 미안해요. 지금 원재료 확보에 총력을 기울이고 있으니까 조금만 기다려 주면 보다 많은 물량을 가지고 올게요."

차준후로서도 뾰족한 수가 없다.

시장에 원재료가 부족하였으니까.

사치품으로 분류된 화장품 원재료를 구하기가 하늘의 별 따기였다.

"각별히 신경 좀 써 주세요."

"네."

"참! 그런데 직원 새롭게 모집한다면서요?"

권지혜가 눈을 반짝거렸다.

"어떻게 알았어요? 공장 확장 계획과 함께 40명 정도 더 뽑을 예정이에요."

차준후가 말했다.

'역시 공장에 정보원이 있는 건가?'

의심스러웠다.

어제 회사가 마치기 직전 직원들에게 꺼냈던 이야기였다.

그런 이야기가 다음 날 아침에 권지혜가 알고 있다니.

정말 빠른 소식통이다.

"사촌과 친구가 스카이 포레스트에 취직하고 싶다고 하더라고요."

"청탁은 받지 않아요."

차준후가 분명하게 선을 그었다.

"그렇죠. 저도 사촌과 친구에게 안 된다고 벌써 이야기해 놓았어요."

곧바로 고개를 끄덕이는 권지혜다.

그 모습에 차준후가 웃었다.

용산에 살고 있는 실직자들이나 다른 공장에 다니는 사람들이 스카이 포레스트의 직원들을 붙잡고 어떻게 하면 취직할 수 있는지 물어 왔다.

풍족한 월급, 점심 제공, 과도하지 않고 편안한 일, 음료와 다과가 준비된 탕비실, 휴게실 등은 스카이 포레스트를 다니는 직원들의 커다란 자랑이었다.

사람들은 스카이 포레스트의 직원들을 부러워했다.

누구에게나 스카이 포레스트는 꿈의 직장이나 다름없었다.

"저는 열심히 일하는 사람들을 좋아합니다."

"그런 소문을 듣기는 했죠. 그런데 너무 막연하잖아요. 모두가 열심히 하면 어떻게 할 건가요?"

"그것도 문제이기는 한데, 제 취향에 대해서 직원들이 알게 됐으니까 이번 취업 모집에서는 아주 난리가 날 수도 있을 겁니다. 저번에 아주 난리였다니까요."

"저번에 400명이 넘게 왔다면서요? 직원 모집 공고를 내면 경쟁률이 엄청나게 높을 거라고 확신해요."

"저도 그렇게 생각합니다."

차준후가 고개를 끄덕였다.

* * *

누가 생각해도 이번 회사 취업 경쟁률이 어마어마하게 높을 게 자명하다.

인근에서 찾아보기 어려운 훌륭한 월급과 복지 혜택을 보장하는 스카이 포레스트다. 그리고 골든 이글에 대한 인기가 폭발하면서 회사가 크게 유명해졌다.

퇴근하고 돌아간 직원들이 자기 친인척들과 지인들에게 회사 직원 모집에 대한 이야기를 해 놓은 상황이다.

그러니 시장에 위치한 권지혜도 알게 된 것이고 말이다.

"여기 골든 이글 있어? 열심히 돌아다녔는데 다른 곳에는 없더라고."

"있어요. 몇 개 필요하세요?"

"한 개, 아니 두 개 줘요."

손님이 두 개를 주문했다.

"드디어 구했네. 다행이다."

골든 이글을 손에 들고 돌아가는 손님 얼굴에 희색이 역력했다.

"신상품인 입술 보호제 립밤과 립글로스입니다."

차준후가 짐칸에서 한 상자를 들어서 내려놓았다.

"신상품이라고요? 빨리 보여 주세요."

"여기요."

"와아! 정말 예쁘네요. 상표들도 눈에 확 들어오네요."

펜슬형 용기를 손에 든 권지혜의 눈이 반짝거렸다.

"남녀 공용인 립밤 프리덤과 여성용인 립글로스 오아시스입니다."

"직접 연구하고 개발한 거죠? 용기만 봐도 제 마음에 쏙 들어요."

남자가 이런 걸 만들었다고?

믿기 어렵다.

아니.

남성이기에 여성이 원하는 걸 더 잘 아는 건가?

"한국 자연의 빛깔과 향을 담은 자연 친화적인 입술 보호제입니다. 일상에 자연을 전하는 감성적인 자연 친화 제품이지요. 당신의 일상에 자연을! 이번 출시품의 컨셉…… 개념입니다."

원재료를 국내 자연에서 친환경적으로 대다수 구할 수밖에 없기에 만들어진 개념이다.

Nature in life.

당신의 일상에 자연을!

해외 수출을 염두에 둔 개념이기도 하다.

"스카이 포레스트가 만들면 확실히 다르네요. 아니다. 사장님이 만들어서 이런 혁신적인 제품이 세상에 나올 수 있는 거겠죠."

권지혜가 사람 좋게 웃고 있는 차준후를 똑바로 바라보았다.

"그렇기는 하죠."

차준후가 동감했다.

그가 없었다면 현시대의 국내에 등장할 수 없는 립밤과 립글로스, 그리고 펜슬형 용기이다.

"정말 잘났어."

자신만 들을 정도로 아주 작게 중얼거린 권지혜가 슬며시 눈을 흘겼다.

잘난 남자다.

확실히.

그리고 외모도 멋있기에 더욱 호감이 생긴다.

능력 넘치는 잘생긴 사내를 계속 바라보면 위험할 것만 같았다.

아니.

지금도 위험한 수위에 이르렀다.

"여기 종이에 립밤 프리덤과 립글로스 오아시스에 대한 상세한 설명이 적혀 있습니다."

차준후가 종이를 판매대 위에 내려놓았다.

"쳇!"

권지혜가 혀를 차며 아쉬워했다.

이번에도 저번처럼 손장난을 치려고 했던 게 분명하다.
"가 봐야겠습니다. 수고하세요."
"조심히 돌아가세요. 전화할게요."
차준후가 쌀집 자전거를 끌고 공장으로 돌아갔다.
"먼저 남녀 공용인 립밤 프리덤을 사용해 보자."
립밤과 립글로스 설명서를 빠르게 훑어본 그녀가 세련된 펜슬형 용기를 조심스럽게 다뤘다.
가녀린 외관 모습이었기에 손에 쥐고 있는 것만으로도 부서질 것처럼 보였다.
"촉촉한 느낌이 좋네. 입술이 터서 아팠던 통증이 사라졌어. 그리고 입술에 부드럽게 밀착되고 번들거림도 없어."
입술에 바른 티가 잘 나지 않는 립밤 프리덤이다.
왜 남녀 공용인지 이해했다.
종이로 프리덤을 제거한 뒤 립글로스 오아시스를 손에 쥐었다.
남녀 공용이 아닌 왜 여성용으로 한정시켰을까?
"여성용인 립글로스! 오아시스, 네가 궁금해."
권지혜가 거울을 보며 입술에 립글로스 오아시스를 발랐다.
뚜껑을 제거하고 세련된 펜슬형 용기를 살살 돌렸다.
삐죽 튀어나온 샛노란 립글로스를 입술에 발랐다.

입술에 닿는 립글로스의 느낌이 촉촉하다.
"좋다."
바르자마자 불어오는 찬바람에도 입술이 편안하다.
바르는 순간 일상에 좋은 기분이 스며들었다.
"와아! 정말 좋아."
거울 속에서 윤기 있는 도톰한 입술이 핑크빛으로 반짝거렸다.
생전 보지 못했던 아름다운 입술이다.
스스로 봐도 거울 속 자신의 입술에 빠져 버릴 것만 같았다.
"와아! 이건 팔릴 수밖에 없는 물건이야."
그녀가 환호성을 터트렸다.
상점의 주된 손님인 여성들이 구매해야만 하는 매력적인 립글로스 오아시스의 등장이다.
14환.
가격도 아주 매력적이다.
도매 공급가 10환으로 하나 팔아서 4환을 남길 수 있다.
판매 가격이 버스 왕복 요금인 16환에 약간 못 미친다.
조금만 아끼면 누구나 살 수 있는 립밤과 립글로스이다.
"이건 골든 이글보다 더 팔릴 거야."
그녀가 확언했다.
상인의 감이 말해 주고 있었다.

"이런 대단한 상품을 왜 한 상자만 주고 간 거야? 미워."

상자 안에 빼곡하게 쌓여 있는 립밤과 립글로스의 수량만 해도 모두 400개였다.

충분하게 챙겨서 가져다준 물량이다.

그럼에도 권지혜가 부족하게 여기고 있었다.

"어머! 지혜야, 입술에 뭘 바른 거야? 너무 예쁘다."

화장품을 구매하러 온 여성 손님 한 명이 권지혜의 반짝거리는 입술에 빠져들었다.

"스카이 포레스트에서 나온 신상품 립글로스 오아시스예요. 예쁘죠?"

"립글…… 이름이 뭔지 모르겠지만 정말 보기 좋아. 입술이 도톰하게 붉게 반짝거리니까 얼굴이 화사하게 피어났어. 그거 하나로 사람이 달라 보이네. 얼마야?"

"14환이요."

"어머! 착한 가격이다. 골든 이글은 좋기는 하지만 너무 사악한 가격이야."

"맞아요. 이번에 스카이 포레스트에서 아주 착하게 가격을 매겼어요. 보세요! 이 펜슬형 용기가 바로 립글로스 오아시스이에요."

"어머머머! 이거 뭐야? 왜 이렇게 예쁜 거니?"

펜슬형 용기를 본 여성 손님이 호들갑을 떨었다.

용기 그 자체만으로 여성의 마음에 푹 파고들었다.

"여기를 살살 돌리면 샛노란 립글로스가 나온답니다."
"하나 줘. 당장 줘. 지금 발라야겠어."
여인이 지갑에서 돈을 꺼내어 내밀었다.
"고마워요."
여성 손님이 판매대의 거울을 이용해 입술에 립글로스 오아시스를 발랐다.
"어머! 좋다."
"일상에 자연을 선사하는 입술 보호제니까요."
"안 되겠다. 이것도 품절 날 수 있으니까, 미리 하나 더 구매할래."
추가 구매를 감행했다.
부담되는 금액이 아니었기에 할 수 있는 일이다.
그리고 스카이 포레스트의 물건은 선풍적인 인기가 불어닥치면 구하기 쉽지 않았다.
"여기 있어요. 잘 생각했어요. 립글로스에 대한 소문이 퍼지면 쉽게 구하기 힘들 거예요."
"그렇지?"
"골든 이글에서 봤잖아요. 이건 여성들이 필수적으로 하나씩 살 수밖에 없는 물건이죠."
"두 개 더 줘. 식재료값으로 가져온 돈인데……. 오늘 하루는 김치와 간장만으로 해결하면 되니까."
"좋은 선택이에요. 골든 이글이 가윗돈을 붙여 가면서

거래된다는 이야기 들어 본 적 있어요?"

"그래?"

"네, 상점에서는 스카이 포레스트에서 정해 준 가격만으로 팔아야 해요. 비싸게 팔았다가 걸리면 그날로 판매 정지를 먹으니까요. 소탐대실이죠. 그러나 구매를 해 간 일반인은 웃돈을 붙여 중고 거래를 할 수 있어요. 사용하지 않은 물건이면 신상 거래라고 해야 하나요? 아무튼요. 골든 이글 구매하기가 힘드니까, 웃돈을 주고라도 사람들이 구하고 있어요."

권지혜가 작은 목소리로 나름 네 개 대량 구매한 손님에게 조언해 줬다.

"정말 팔릴까?"

"물론이죠. 입술에 립글로스를 바르고 나가기만 하면 구매하겠다고 여자들이 줄을 설걸요."

골든 이글 중고 거래장이 만들어졌다.

선풍적인 인기로 인해 발생한 이색적인 현상이다.

그런데 그 이색적인 현상이 립글로스로 인해 또다시 벌어질 것만 같다.

"저도 비싼 가격에 팔고 싶지만 걸렸다가는 곧바로 잘려 나가요."

권지혜가 손으로 목을 치는 시늉을 선보였다.

영업 사원들에게 웃돈을 받다가 걸린 상점들이 늘어나

고 있었다. 그들 상점들에서는 더 이상 스카이 포레스트 물건들이 팔리지 않는다. 그리고 이번 립밤과 립글로스도 들어가지 않을 것이 확실하다.

'평소 사람 좋은 성격이지만 단호할 때는 칼 같이 자르는 성격이니까.'

그녀가 차준후를 떠올렸다.

괜히 얼굴이 발그레해졌다.

* * *

매대 주변에 치마를 걸친 여인들이 몰려 있었다.

여인들 뒤편으로도 수십 명의 여인이 죽 늘어서 있었다.

"립글로스 오아시스 줘요."

"돈 가지고 왔어요. 오아시스를 원한다니까."

"내 돈 받고 오아시스를 줘."

"오늘 남자 소개받기로 했단 말이에요. 오아시스 하나만 팔아 주세요."

여인들이 아우성이었다.

스카이 포레스트의 신상품 립글로스 오아시스 소문을 듣고 달려온 사람들이다.

"품절입니다. 오아시스가 다 팔렸어요. 입술 보호제는 프리덤만 남았다고요."

"아악!"
"나도 꼭 발라 보고 싶었는데……."
"빨리 왔어야 했는데, 너무 안타깝다."
여인들이 허탈한 표정을 돌아섰다.
떠나가는 여인들보다 헐레벌떡 뛰어오고 있는 구매 예정자들이 많았다.
골든 이글보다 립글로스 오아시스가 더 인기다.
서울 상점 도처에서 치열한 구매 다툼이 벌어지고 있었다.
뛰면 채신머리없다는 소리를 듣기에 평소 느긋하게 걷는 걸 선호하는 한국 여성들이다. 그러나 오아시스를 구매하기 위해 치맛자락 휘날리며 뛰는 걸 마다하지 않았다.
오아시스를 입술에 바른 여인들을 본 사람들이 탄성을 터트렸다.
"빨갛게 물든 입술이 매력적입니다."
"당신의 입술에 화사한 봄이 찾아왔네요."
"자연스럽고 예쁘게 반짝이는 입술이 너무 보기 좋아."
남자들이 립글로스를 바란 여성들을 보면서 그 경이로운 입술에 감탄했다.
립글로스를 바른 여성들이 입술에 부드럽게 밀착되어 촉촉한 보습력에 가장 먼저 감탄했다. 입술을 실용적으로 보호해 주는 동시에 얼굴을 매력적으로 보이게 해 줬기에 더욱 열광했다.

"입술을 보호해 줘서 좋네."

"이건 입술 보호제가 아닌 화장품이야."

"립스틱을 바르고 입술 보호제 오아시스를 발라 봐. 그럼 더욱 효과가 좋아."

"정말?"

"봐, 더 보기 좋지?"

"정말이네. 나도 해 봐야겠다."

립스틱을 바른 상태에서 립글로스를 바르자 입술이 더욱 부각됐다.

보완적인 성격을 지닌 립글로스를 더욱 효과적으로 사용하는 방법이 발매 당일 곧바로 알려졌다.

더 예뻐지기 위한 조합이 여성들 사이에 알음알음 퍼져 나갔다.

나이를 떠나 여성들 사이에 립글로스 오아시스를 발라야 한다는 이야기가 떠돌았다.

출시하자마자 오아시스가 각광받고 있다.

펜슬형 립글로스 오아시스의 인기가 폭발적으로 일어났다.

젊은 남자들이 오아시스를 사서 애인에게 선물해 주려고 했고, 여성들이 더욱 예뻐지기 위해 오아시스를 구매하려고 날뛰었다.

"남성용 골든 이글만 내놓아서 그냥 그랬는데, 여성용을 출시하니까 친숙하고 가까워진 느낌이야."

"가격도 착하잖아. 버스 타지 않고 걸어가면 하나 살 수 있어."

"얼굴에 뭔가 바를 수 있는 이런 경험 자체가 즐거워."

립글로스 출시로 스카이 포레스트가 여성들의 마음을 사로잡고 있었다.

오아시스

 발매 당일 시장에 풀린 립글로스 초도 물량 10만 개가 빠른 속도로 팔려 나갔다.
 골든 이글만 판매하던 스카이 포레스트의 상품에 립밤 프리덤과 립글로스 오아시스가 합류됐다. 스카이 포레스트의 이름과 명성이 기존보다 높이 올라갔다.
 립글로스의 인기가 워낙 폭발적이기에 립밤 프리덤이 다소 묻혀 버렸다.
 그러나 꾸준하게 판매가 되었고, 립밤 프리덤도 립글로스 오아시스에 뒤이어 모두 매진됐다.
 립글로스 오아시스에 대한 사재기가 일어났다.
 14환에 팔리는 오아시스가 사람들 사이에서 20환 이상의 가격으로 재판매가 되는 중고 거래장이 열렸다. 높은 가격에도 불구하고 구매하려는 사람들이 줄을 섰다.

오아시스가 입소문을 타고 웃돈까지 얹어 거래됐다.

재판매가 극성을 부렸다.

1인당 두 개로 구매 제한을 둔다는 방침이 스카이 포레스트에서 내려졌다.

그러나 뒤늦은 대처였다.

"왜 돈이 있어도 사지를 못하는 거니?"

"중고 거래에서는 살 수 있잖아."

"14환에 살 수 있는 물건을 20환 이상 주면 너무 낭비 같잖아. 난 기다렸다가 살 거야."

"난 못 기다려. 보호해 줘야 하는 아름다운 내 입술은 소중하니까. 아까 24환 달라고 한 사람에게 깎아서 20환에 구매했지. 중고 거래는 깎는 게 재미니까."

"부럽다. 그게 그 유명한 펜슬형 용기의 립글로스 오아시스라는 거구나. 한번 만져 보자."

"부러뜨리지 말고 아기를 안은 것처럼 조심해서 만져."

"앞으로 스카이 포레스트에서 나오는 제품들을 보면 묻지도 따지지도 말고 우선 구매해야겠어."

"맞아. 구매하고 난 뒤, 뭐에 쓰는 물건인지 고민해야겠다."

립밤 프리덤과 립글로스 오아시스가 서울에서 또다시 품절 대란을 일으켰다.

골든 이글에 이어 추가적으로 출시한 립밤과 립글로스의 성공을 거뒀다.

사람들의 관심과 함께 스카이 포레스트에 화장품 업계의 이목이 집중됐다.

"대체 어떤 회사이지?"

"혁신적인 제품을 연달아 출시한 놀라운 회사다. 출시한 제품들이 적어서 그렇지, 신제품이 계속 튀어나오면 화장품 업계의 정점을 찍을 회사야."

"우리가 만드는 저렴한 상품이 아니야. 고급스런 품질의 화장품들이다. 높은 품질과 아름다운 용기, 빼어난 상표 도안 등을 쉽게 따라 할 수가 없어."

"우려할 부분이 있지만 좋은 점도 있어. 압도적인 회사의 등장으로 화장품 시장이 크게 성장하고 커져 나가면 점유율이 줄어든다고 해도 상품을 예전보다 많이 팔 수 있을 거야."

화장품 업계에 지각 변동이 일어나려 하고 있었다.

치솟는 인기와 함께 스카이 포레스트의 공장이 확대 생산에 들어간다는 걸 업계 사람들이 알았다.

요근래 스카이 포레스트 공장의 담장이 부서졌다.

추가적으로 옆 공장들을 차준후가 매입했고, 담장을 부수고 공장 부지를 넓혀 나갔다.

스카이 포레스트 공장 은행 대출이 마무리되면서, 전

건물주에게 잔금이 입금됐고, 차준후가 부동산 등기 권리증에 이름을 올렸다.

그리고 공장 확장을 대비해서 미리 이야기했던 주변 네 곳의 공장들도 함께 인수인계를 끝내 버렸다.

주변 땅과 건물을 매입하는 작업은 천애 부동산을 통해 계속해서 이뤄지고 있었다.

* * *

립밤이 시중에 풀린 당일 오후 4시.

성운 유통사의 유준수가 스카이 포레스트로 급하게 찾아왔다.

사장실로 들어선 유준수의 표정이 밝았다.

"잘 지내셨습니까? 사장님."

"덕분에 잘 지내고 있습니다. 앉으시지요."

유준수가 의자에 앉았다.

"커피 드시겠습니까? 탄산음료와 오렌지 음료도 있습니다."

"오렌지로 부탁하죠."

"저는 아이스 아메리카노로 주세요."

종운지가 음료와 다과를 준비하기 위해 탕비실로 향했다.

"다시 한번 감사 인사를 드리죠. 골든 이글을 구매해서 가지고 간 덕분에 아버지에게 칭찬 거하게 받았습니다. 처음에는 잔소리만 들었지만요."

"현금 구매를 한 사람이 대단한 겁니다."

"그렇게 생각해 주시면 고맙고요. 아! 이번에 그냥 오기 그래서 선물을 가지고 왔습니다."

유준수가 빙그레 웃었다.

"선물이요?"

차준후가 의아해했다.

아무것도 보이지 않는데?

선물이라면 손이 무거워야 하는 거잖아.

"골든 이글 원재료 구매에 어려움을 겪고 있다고 들었습니다. 이번에 일제를 압도한다고 하자 상공부에서 일부 화장품 원료 수입을 승인해 줬습니다."

발 빠르게 움직여서 상공부의 동의를 얻어 냈다.

다른 화장품 회사와 스카이 포레스트의 입지가 비슷하지만 같을 수가 없었다.

단 하나의 제품 골든 이글로 상공부에서 대우받을 수 있는 위치에 올라섰다.

골든 이글이 명성을 얻었기에 얻어 낸 상공부의 호의다.

물론 그 이면에는 유준수가 공무원들에게 뿌린 돈도 무

시할 수가 없다. 기름칠을 적절하면서 효과적으로 한 탓에 골든 이글 원재료 수입이 허락됐다.

"가뭄의 단비와 같은 소식이군요. 감사합니다."

차준후가 고개를 숙이며 고마움을 표했다.

골든 이글 생산량에 숨통이 트이게 됐다.

"아닙니다. 당연히 받아야 할 대우를 제가 조금 일찍 움직였을 뿐입니다."

"신경을 써 주신 게 고마운 겁니다."

빙그레 웃는 차준후다.

유준수가 마주 보며 웃었다.

구태여 말하지 않아도 서로를 배려해 주고 있다는 게 느껴졌다.

똑똑똑똑!

노크 소리와 함께 종운지가 들어왔다.

탁자 위에 조심스럽게 아이스 아메리카노와 오렌지 주스를 올려놓았다.

"고마워요."

"잘 마실게요."

두 사람이 종운지에게 고마움을 표했다.

"이번에 립밤 프리덤과 립글로스 오아시스를 출시했다고 들었습니다. 그 이야기를 듣자마자 부랴부랴 달려왔습니다."

오렌지를 한 모금 마신 유준수가 방문의 주된 이유를 꺼내 들었다.

약속된 회의와 만남을 모두 취소했다.

발매하자마자 선풍적인 인기를 끌고 있는 립밤 프리덤과 립글로스 오아시스를 구매해야만 한다.

"여기 있습니다."

차준후가 탁자 위에 펜슬형 용기를 꺼내 들었다.

립밤 프리덤.

립글로스 오아시스.

"아! 들었던 대로 정말 세련된 아름다움을 품고 있네요."

유준수가 손에 든 펜슬형 용기를 주의 깊게 살피기 시작했다.

"최대한 깔끔하게 보이려고 디자인했죠."

"신경 써서 만든 게 보입니다. 이게 립글로스 오아시스이군요."

뚜껑을 열어 립글로스를 우선적으로 살폈다.

코를 가까이 대며 냄새까지 킁킁 맡았다.

하단 부위를 돌려 가며 샛노란 립글로스의 상승과 하강을 파악하기도 했다. 세심하게 하나하나 살펴보는 모습이 마치 골동품을 살피는 감별사의 조심스런 손놀림 같았다.

그 모습을 바라보며 차준후가 웃었다.

방해하고 싶지 않았기에 조용히 커피 한 잔을 마셨다.

시큼 떨떠름한 원두 특유의 맛을 음미했다.

그사이 유준수가 립밤 프리덤까지 꼼꼼하게 살피고서 고개를 들었다.

"이번에도 대단한 물건을 만들어 냈습니다. 정말 감탄스럽네요. 이번에도 홀로 연구한 끝에 개발해 낸 제품이십니까?"

"맞습니다."

"그렇겠죠. 혁신적인 제품을 사장님께서 홀로 만들었다고 생각했습니다. 평범한 사람이 생각할 수 있는 물건이 아니니까요."

유준수가 고개를 끄덕거렸다.

역시.

짐작했다는 의미이다.

"평범해요."

차준후가 이야기했다.

"아닙니다. 평범한 생각을 해서는 입술에 윤기와 광택을 준다는 립글로스가 나올 수가 없죠."

유준수가 격하게 반발했다.

이미 특별한 능력을 지녔다고 확신하는 사람에게는 당사자가 부인해도 아무 소용이 없다.

"시중에서 난리가 벌어졌다는 이야기는 들으셨죠?"
"네."
"립글로스가 여성들에게 폭발적인 인기를 누리고 있습니다."
"구매하려는 사람들이 많습니다. 프리덤과 오아시스를 납품해 달라는 전화가 계속 오고 있지요. 오늘도 영업 팀이 고생하고 있습니다."

대량 생산을 하고 있기에 영업 팀의 고생이 줄어들 거라 판단했다.

처음에 립밤과 립글로스의 하루 생산량 8만 개다.

직원들의 조직력과 능력이 단련되면서 10만 개로 늘어났다.

결코 작지 않은 생산량이다.

그러나 그 생산량을 훌쩍 뛰어넘는 주문량이 쏟아져 들어왔다.

오판이었다.

스카이 포레스트의 직원들이 즐거운 비명을 질러 가며 생산량을 늘리기 위해 노력하는 중이었다.

"이번에도 립밤과 립글로스를 납품받을 수 있겠지요?"
"물론입니다. 재고 물량이 있으니까 하루 생산량인 10만 개를 공장도가인 8환에 납품하겠습니다. 소매 공급가격과 판매 가격은 종전처럼 회사의 정책을 따라 주셔야 하고요."

 차준후가 전국 어디서나 똑같은 가격 정책을 고수한다.

 "당연하죠. 철저하게 지키겠습니다. 10만 개의 상품을 주신다고 하니 회사로 돌아가면 면목이 서겠네요. 여기 물품 대금입니다."

 유준수가 가방에서 80만 환을 꺼내어서 내밀었다.

 혹시 몰라서 100만 환을 준비해서 달려왔다.

 이번에는 아버지에게 허락을 받아서 모두 100만 환을 즉시 동원할 수 있었다. 그리고 추가로 돈이 필요하면 더 동원할 수도 있었다.

 골든 이글을 유통시켰다는 이유로 아버지의 신뢰를 듬뿍 받았다.

 "물품 대금 받았습니다. 여기 납품 계약서 부탁해요."

 "네, 바로 작성할게요."

 종운지가 계약서를 작성하기 시작했다.

 "10만 개의 물건을 받는데, 립글로스의 양을 7만 개로 받을 수 있겠습니까?"

 유준수가 조심스럽게 요구 조건을 밝혔다.

 선풍적인 인기를 끄는 물건이 립글로스 오아시스이다.

 유통사의 입장에서 잘 팔리는 물건을 더 받으려는 게 당연하다.

"가능합니다."

차준후는 이 정도로 립글로스가 인기를 끌 거라고 예상하지 못했다.

분명 미래에는 호불호가 갈리는 제품이었다.

그런데 현실에서는 출시 당일 못 구해서 안달인 제품으로 탈바꿈해 버렸다.

'립밤이 더 잘 판매될 거라고 생각했는데, 뜻밖의 일이야. 예상할 수 없기에 재미있기도 하고.'

여성들의 예뻐지려고 하는 욕구를 과소평가한 부분도 있었다.

화려한 화장품들로 넘쳐 나는 시기와 달리 1960년에는 화장품 하나하나가 소중했다. 저렴한 립글로스 오아시스 하나만으로 나름 화려하게 변신할 수 있으니 여성들이 열광하는 건 당연하다.

"배려해 줘서 고맙습니다."

"제작 공정만 바꾸면 되니까 립글로스의 생산량을 늘리는 건 쉽습니다."

원재료만 약간 다를 뿐이다.

소비자들이 원하니까 립밤의 생산량을 낮추고 립글로스를 더 생산하면 된다.

"유통사에서 일하고 있지만 지금처럼 폭발적인 반응을 보이는 상품은 처음입니다. 립글로스 오아시스! 그야말로 여성들의 필수 상품이 될 겁니다."

"그럴까요?"

"난리입니다. 엄청난 난리! 지금 우리 유통사에 립밤 프리덤과 립글로스 오아시스를 보내 달라는 전화가 빗발치고 있습니다. 그리고 여기까지 오면서 길거리에서 적지 않은 여인들의 입술이 반짝거리고 있는 걸 목격했습니다."

걸어 다니는 여인들이 오아시스의 입간판이나 마찬가지이다.

오아시스 바른 여인들을 본 여인들이 치맛바람을 일으키며 립글로스를 사려고 아우성이었다.

그 사실을 유통사에서 일하고 있는 유준수가 누구보다 잘 알았다.

* * *

따르르릉! 따르르릉!

전화기가 요란하게 울었다.

"전화 받았습니다. 스카이 포레스트 사장실의 종운지입니다."

- 신화 백화점의 서은영 부장이에요. 만나기로 약속했는데, 차준후 사장 부탁해요.

"잠시 기다려 주세요. 전달할게요."

종운지가 전화기 아랫부분을 손바닥으로 가리고 차준후를 바라보았다.

"사장님, 신화 백화점의 서은영이라는 분이 전화 주셨어요."

"잠깐 실례하겠습니다."

"네, 편하게 전화 받으시지요."

차준후가 양해를 구한 뒤에 자리에서 일어났다.

"전화 받았습니다. 차준후입니다."

- 골든 이글 납품 건으로 가려고 했잖아. 립밤과 립글로스도 받고 싶어.

"납품할 테니까, 와서 이야기하자."

- 고마워. 잠시 뒤에 봐.

서은영의 환한 목소리가 들려왔다.

뚜우우우! 뚜우우우!

전화기를 내려놓았다.

차준후가 다시 유준수에게 가려고 두세 걸음 걸었을 때다.

따르르릉! 따르르릉!

전화기가 재차 울었다.

"전화 받았습니다. 스카이 포레스트 사장실 종운지이에요. 무슨 일이신가요?"

- 월간천하의 이하은 기자입니다. 사장님에게 립밤과 립글로스에 대한 인터뷰를 요청합니다.

"잠시만 기다려 주세요. 전달할게요."

종운지가 전화기 송신부를 손바닥으로 가리고 차준후에게 내용을 전달했다.

"월간천하의 이하은 기자가 립밤과 립글로스에 대한 인터뷰를 요청하고 있어요."

"한 번 더 실례해야겠네요."

"괜찮습니다. 혁신적인 제품이 나왔으니 시장에서 반응이 격하게 일어나는 겁니다. 하루 종일도 기다릴 수 있으니까 편하게 통화하시면 됩니다."

유준수가 충분히 이해한다며 오렌지 주스를 한 모금 마셨다.

"차준후입니다. 전화 받았습니다. 이하은 기자님!"

- 립밤과 립글로스 인터뷰를 요청해요. 아직 다른 곳과 인터뷰하지 않으셨죠? 제가 첫 번째이어야 해요.

전화기에서 이하은의 목소리가 빠른 속도로 다다다 튀어나왔다.

"아직 인터뷰는 하지 않았습니다. 인터뷰는 가능합니다. 그런데 월간지이기에 인터뷰를 해도 늦게 나오지 않겠습니까?"

- 제가 이번 특종 보도를 했기에 천하일보 일간지에도

기사를 올릴 수 있게 됐어요. 기사가 좋다는 조건이 따라붙지만요. 립밤과 립글로스 기사라면 일간지에서도 더 이상 거절할 수 없겠죠.

골든 이글 첫 보도를 통해 얻어 낸 값진 대가였다.

평소 이하은이 바라던 바를 알고 있던 편집장 신인군이 힘을 써 준 결과다.

일간지 기자가 되고 싶었던 걸 반쯤 이뤄 냈다.

일간지에 기사를 올리면 일간지 기자가 된 것이나 진배없었다.

수차례 천하일보 일간지에 기사를 보냈지만 편집부에서 반려되고 말았다. 기사 내용이 떨어지는 것도 있었지만 일간지 기자들의 텃세도 분명히 있었다.

이하은이 텃세에 이를 부득부득 갈고 있었다.

그런 참에 스카이 포레스트의 신제품에 대해 듣고 곧바로 연락을 취한 것이다.

"오시죠."

차준후가 말했다.

인터뷰를 통해 일간지에 신제품의 기사가 보도되는 건 좋은 일이었다.

전국에 스카이 포레스트의 이름과 신제품들을 알릴 수 있는 절호의 기회이다.

- 고마워요. 잠시 뒤에 뵐게요.

그녀의 환한 목소리를 끝으로 전화가 끊어졌다.

차준후가 전화기를 내려놓고 걸어가 유준수 앞에 앉았다.

"여기저기에서 찾는 사람들이 많아지고, 이제 더욱 바빠지시겠군요."

유준수가 말하며 웃는다.

"바쁘게 살려고 합니다. 그러니까 좋더라고요."

말하는 차준후의 표정이 밝았다.

시간의 소중함을 깨달아 가며 먹을 때, 쉴 때, 제품을 개발할 때, 걸어갈 때, 숨을 쉴 때 등 매사에 감사하고 있었다.

매 순간 살아 있음을 느꼈다.

"사장님, 여기 납품 계약서요."

종운지가 두 장의 계약서를 차준후에게 내밀었다.

차준후가 잘못된 부분이 있는지 살펴본 뒤에 유준수에게 건넸다.

"이상한 부분이 있는지 보시죠."

"네."

유준수가 납품 계약서를 꼼꼼하게 살폈다.

납품 단가와 납품일 등의 납품 조건과 스카이 포레스트의 판매 정책이 기록되어 있었다.

납품일은 오늘 즉시 수령이었고, 납품 단가는 들었던

대로 8환이다. 판매 정책은 저번 골든 이글과 다른 부분이 없었기에 살펴보지 않아도 됐지만 문구 하나하나를 꼼꼼하게 살폈다.

계약서의 문구가 얼마나 중요한지 잘 알았기 때문이다.

"이상 없네요. 도장을 찍겠습니다."

"네."

차준후와 유준수가 납품 계약서를 한 장씩 나눠 가졌다.

"바쁜데 시간 내주셔서 감사합니다. 그럼 다음에 뵙겠습니다."

"조심히 돌아가십시오."

차준후가 유준수와 악수를 나누며 작별했다.

"법인 통장에 입금하시면 됩니다."

"와아! 이게 80만 환이군요. 처음 만져 보는 거금이에요."

종운지가 호들갑을 떨었다.

그녀 생전에 볼 수 없는 거금이 떡하니 테이블 위에 놓여 있었다.

"사장님, 이걸 제가 가지고 가다가 소매치기라도 당하면 어떻게 해요?"

벌써부터 걱정이 태산인 종운지다.

그런데 아예 기우인 것도 아닌 게 소매치기들이 득시글거리는 시기이다.

많은 월급을 받는다는 소문이 퍼지자 스카이 포레스트

주변에 소매치기들이 실제로 늘어났다.

계좌 이체가 아닌 현금으로 지급하는 시기다.

그리고 세상 어느 나라 사람들보다 현금을 사랑하는 한국인들이다.

경찰들이 공장 일대를 순찰하고 있지만 절도 신고가 끊이지를 않았다.

역전의 용사 표주봉 아저씨와 함께 간다고 해도 무서운 게 사실이었다.

"정 불안하면 조아 은행 용산 지점에 전화해서 예금 받으러 오라고 하세요."

"네? 은행에요?"

"은행원들이 시장을 돌아다니며 예금을 받기도 해요. 공장으로 부를 수도 있죠."

조아 은행 용산 지점의 귀빈인 차준후다.

벌써 다섯 번의 공장 대출이 이뤄졌고, 스카이 포레스트의 법인 통장에도 골든 이글 판매 대금이 나날이 차곡차곡 쌓여 나갔다. 일반인이라면 평생을 가도 만져 볼 수 없는 거금이다.

그러나 대출 금액과 법인 통장의 금액을 합해도 상속 재산에 비해 턱없이 부족했다.

부르기만 하면 조아 은행 용산 지점의 한은태 지점장이 신발을 벗고서라도 달려오리라!

"전화해 봐야겠어요. 이 엄청난 돈을 들고 밖으로 나가려니 심장이 두근거려서 도저히 안 되겠어요."

"그러시죠."

종운지가 자리로 돌아가서 전화기를 들었다.

"조아 은행 용산 지점 부탁해요."

전화 교환원이 조아 은행 용산 지점을 연결해 줬다.

- 전화 받았습니다. 조아 은행 용산 지점 영업부 이충연 대리입니다.

"안녕하세요. 스카이 포레스트 사장실의 종운지 비서 겸 경리예요."

경리보다 비서라는 부분에 힘을 주며 강조했다.

- 네, 말씀하시지요.

느긋하던 사내의 목소리가 이내 딱딱해졌다.

"80만 환 법인 통장에 입금하려고 하는데요."

- 항상 많은 대금을 입금해 주셔서 감사하고 있습니다.

"금액이 너무 커서 은행까지 가기 무서워서요. 오실 수 있을까요?"

- 지금 곧바로 달려가겠습니다. 다른 용무는 없으십니까?

"네."

- 잠시 후에 뵙겠습니다. 전화 끊겠습니다.

전화를 내려놓은 종운지가 어리둥절한 표정을 지었다.

항상 콧대 높던 은행원들이었는데……

은행원이 낮은 위치에서 고객을 위하는 걸 처음으로 겪어 봤다.

"아! 돈 없으면 은행 창구 앞에서 빌빌거려야 하고, 돈 많으면 대우받는 고객이 되는구나."

자신이 엄청난 회사에 취직했다는 걸 재차 느끼는 좋은 지였다.

* * *

붉은 스타 라이너가 정문을 통과해 공터에 멈춰 섰다.

뒷문이 열리고 목에 스카프를 두른 서은영이 모습을 드러냈다.

화사한 원피스에 하이힐을 신은 그녀가 주변을 둘러보았다.

화려하면서 곱상하게 한껏 꾸민 티가 역력하다.

"여기가 준후가 창업한 스카이 포레스트 회사구나."

미소를 지으면서 건물을 향해 걸어갔다.

"어서 와."

"이웃사촌이 이렇게 대단한 사람인 줄 어제는 미처 몰랐어. 립글로스 오아시스를 발라 보고서 깜짝 놀랐다니까."

"광이 나는 촉촉한 입술! 고맙게도 우리 회사 고객이시구나."

서은영의 입술이 반짝거렸다.

"여직원이 사다 줬어."

테이블 의자에 앉은 그녀가 사장실을 둘러봤다.

최소한의 것만 간략하게 있는 미니멀 인테리어에 괜찮다는 듯 고개를 끄덕였다.

"립글로스만 바른 게 아닌데?"

차준후가 맞은편에 앉으며 말했다.

"립스틱까지 발랐지. 립글로스만 바르니까 색깔이 아쉽더라고. 립스틱과 립글로스를 병합해야 예뻐 보인다는 게 백화점 여직원들의 의견이야. 나도 동감하고."

립 메이크업의 새로운 세계를 열고 있었다.

다양한 색상에 초점을 맞춘 화장품이 립스틱이다.

립글로스는 색상 효과보다 윤기와 광택을 줘서 입체적으로 입술을 표현하는 게 목적이다.

애당초 출발이 다르고, 제작 개념이 다르다.

립스틱과 립글로스를 병행하는 방법은 입술 보호와 입술 화장 효과를 동시에 선사해 주는 새로운 화장법이다.

지금까지 국내에 등장하지 않은 혁신적인 화장이다.

"이중 화장이라? 립스틱을 활용하면 립글로스의 단점을 보완할 수 있지. 입체감 있게 잘 빠졌네."

차준후가 서은영의 입술을 빤히 바라보며 인정했다.

립글로스의 단점은 아무래도 립밤에 비해 밀착력이 떨

어진다는 점이다. 끈적이는 질감과 잘 지워진다는 단점도 있다.

"알고 있었어?"

"립글로스 개발자가 나잖아. 단점을 이미 알고 있었지. 제대로 된 활용법도. 립글로스를 잘못 바르면 튀김을 먹은 입술처럼 보일 수도 있어."

"어머! 튀김 먹은 입술, 그건 절대 안 돼."

상상만 해도 끔찍했는지 그녀가 몸을 부르르 떨었다.

"끈적이는 느낌이 있어. 그래서 컵이나 식기에 쉽게 묻어나. 지속력이 짧아서 자주 덧발라 줘야 하는 단점도 있지. 장점이 분명하고, 단점도 뚜렷해."

"자주 덧발라 줘야 하는 건 단점인 동시에 장점이야. 고객들이 자주 립글로스를 구매해야 한다는 소리니까."

"커피 마실래? 아니면 다른 음료?"

"여기 아이스 아메리카노가 인기라며? 네가 즐기는 음료이기도 하고."

스카이 포레스트 사장실의 아이스 아메리카노에 대한 소문이 업계에 파다했다. 그리고 차준후의 음료 취향에 대해서도 마찬가지다.

"아이스 아메리카노 두 잔 부탁해요."

"네."

종운지가 탕비실로 향했다.

"비서?"

"비서 겸 경리. 원래 경리로 뽑았는데 고맙게도 비서까지 겸해 주고 있어. 지금 보았듯이 덕분에 내가 무척 편하지."

"오홍! 그렇구나."

살짝 굳어 있던 얼굴이 화사하게 피어났다.

"납품 건 때문에 왔지?"

"그래, 원래는 내일 오려고 했는데, 립밤과 립글로스를 보고서 도저히 기다릴 수가 없었어. 아름다운 펜슬형 용기는 립글로스라는 비단 위에 꽃을 뿌린 셈이야. 얼마나 납품해 줄 수 있어?"

"지금 당장은 골든 이글 700개, 립밤 2만 개, 립글로스 2만 개. 립밤과 립글로스는 물량을 서로 교차해서 받을 수 있어."

"이게 최선이야? 더 납품받고 싶은데."

"다른 백화점들도 찾아왔는데 납품할 물건이 없다고 돌려보냈어."

"창천과 대현도 찾아왔어?"

1위 백화점이 창천이고, 2위 백화점이 대현이다.

제6장.

잔업

잔업

 1위와 2위, 두 백화점이 서울의 백화점 매출 절반 이상을 책임지고 있다.
 3위에 신화 백화점이 있지만 두 백화점과 비교할 때 격이 약간 떨어졌다.
 "……."
 차준후가 말없이 고개를 끄덕였다.
 "잘했어. 두 백화점이 납품받지 못하고 쫓겨났다니 내 속이 다 시원하다."
 "쫓아내지는 않았어. 물량이 없기에 사정을 설명하고 정중하게 돌려보낸 거야."
 "그게 그거잖아. 두 백화점 때문에 마음고생을 심하게 받고 있거든. 백화점들 사이에 경쟁이 치열하게 벌어지고 있어. 하루하루가 전쟁이야."

"총성 없는 매출 전쟁을 벌이느라 고생이 많겠구나."

백화점 업계의 치열한 매출 다툼은 유명하다.

백화점마다 고객들의 발길을 사로잡기 위해 각종 행사와 유명 물건들을 유치하기 위해 각고의 노력을 기울이고 있다.

신화 백화점이 칼을 갈면서 창천 백화점과 대현 백화점을 이기려 하고 있지만 지속적으로 격차가 점점 더 벌어지고 있는 형국이었다.

"준다는 물량 립글로스로만 감사하게 받을게. 신경 써줘서 고마워."

"친구잖아."

"절실하게 고마워서 그러는데 한번 안아 봐도 될까?"

그녀가 쭈뼛거리며 말했다.

집사가 했던 아픈 상처 치유법을 고마움을 듬뿍 담아서 해 주고 싶었다.

질끈!

두 눈을 감고 양팔을 활짝 벌렸다.

"……친구끼리 그러는 거 아니야."

거부했다.

생각지도 못한 거부에 서은영의 몸이 딱딱한 얼음처럼 굳어 버렸다.

당연히 승낙할 줄 알았다.

충격을 심하게 받았는지 두 팔을 벌린 채로 미동도 하지 않았다.

백옥 같은 얼굴이 붉어졌다.

'거짓말쟁이 집사. 미녀가 안아 준다고 하면 남자는 거부하지 않는다면서요?'

부끄러워서 죽을 것만 같았다.

방금 전으로 돌아갈 수만 있다면 안아 준다는 말을 쏙 빼 버리고 싶었다.

"생각해 줘서 한 말이라는 걸 알아. 고맙기는 한데 포옹은 사랑하는 연인과 해. 우리는 이웃사촌 겸 친구이잖아."

차준후가 담담하게 선을 그었다.

남겨진 기억을 토대로 새롭게 만들어진 인연이다.

겨우 두 번 만난 여인과 가슴과 가슴으로 안고 싶지는 않았다.

"미안해! 방금 전 말은 잊어버려 줘. 내가 잠깐 미쳤었나 봐."

고개 숙인 그녀가 쥐구멍에라도 들어갈 것처럼 작은 목소리로 요구했다. 고장 난 인형처럼 움찔거리며 벌렸던 두 팔을 오므렸다.

"미안할 일이 아니잖아. 그리고 벌써 잊어버렸어. 신경 쓰지 마."

그가 진짜로 더는 관심을 두지 않았다.

그런데 그 무심하고 태연한 모습이 서은영에게는 더욱 상처로 다가섰다.

"응."

그녀는 말과 달리 얼굴이 터질 듯이 더 붉어졌다.

부끄러운 장면이 머릿속에서 계속 반복됐다.

똑똑똑똑!

종운지가 사각 쟁반에 담은 두 잔의 아이스 아메리카노를 테이블 위에 올려놓았다.

"아이스 아메리카노입니다."

붉은 얼굴의 서은영을 보면서 의아한 눈초리를 살짝 보냈다.

사장실 안에서 무슨 일이 벌어졌다는 걸 직감적으로 알아차렸다.

그렇지만 내색하지 않았다.

"잘 마실게요."

"……."

서은영이 커피를 벌컥벌컥 들이켰다.

커피 잔에서 입술을 떼지 않고 한 번에 무리하게 마셔 버렸다.

"아이스 아메리카노! 참 맛있다."

"그렇게 먹어 놓고 뭐가 맛있다는 거냐? 다음에 제대로 음미하면서 먹어."

"알았어."

당황하던 그녀가 여유를 되찾기 시작했다.

"오아시스가 비교적 화장한 티가 덜 나는 제품이라는 거 알지? 지금은 여성 모두가 환호하고 있지만 시간이 갈수록 젊은 층에게 인기를 끌 거야."

패션과 화장품을 담당하고 있었기에 립글로스에 대한 미래를 예상할 수 있었다. 허당 기질이 있었지만 미용에 관련된 부분에 있어서는 예리했다.

"맞아, 제대로 봤어."

"립스틱 못지않게 발색을 보여 주는 제품들도 제작이 가능해?"

"못할 것 없지. 만들어서 보내 줄게."

색소를 비롯한 몇 가지 성분을 첨가하면 된다.

색소와 성분에 따라 립글로스의 다양한 변화를 일으킬 수 있다.

"1층에 립글로스 오아시스의 전용 매장을 열 생각이야. 고객들이 직접 체험할 수 있게 만들 거고, 입술 메이크업을 해 줄 수 있는 백화점 직원들도 배치할래."

그녀의 머릿속에서 립글로스를 다각도로 활용할 수 있는 방안들이 지속적으로 떠올랐다.

이번 기회에 다른 백화점들과 차별을 분명하게 둘 생각이었다.

"과한 색상을 쓰지 않아서 안 한 듯 보이는 투명한 화장법으로 학생이나 막 화장을 시작한 초심자들이 부담 없이 쓰게 만들겠어. 화려하게 보이는 입술 화장법을 좋아하는 여성들도 많아. 발색이 강한 립글로스를 사용하면 제격이지. 여러 입술 화장법을 강구하면 각양각색의 사람들이 아주 좋아할 것 같아. 취향을 저격해서, 모든 여성이 좋아하게 만들겠어."

매우 적극적으로 대단한 포부를 드러냈다.

2000년대 이후에 유행하는 입술 누드 메이크업을 벌써부터 고안해 냈다.

시대를 앞서 나가는 선구자이다.

"멋진데?"

"내가 좀 멋있기는 하지."

"잘 구현하면 정말 효과가 좋을 것 같아."

"네가 생각해도 맞는다면 틀림없이 성공할 수 있겠다. 너랑 이야기하다 보니까 계속해서 영감들이 떠올라."

"내가 무슨 영감 자판기냐?"

"자판기가 뭐야?"

"아!"

차준후가 대화를 하다가 이질적인 단어를 내뱉었다는

걸 깨달았다.

'조심하자.'

툭툭 내뱉다 보면 이 시대에 어울리지 않는 단어들이 튀어나오고는 했다.

"미국이나 일본에서 선풍적인 인기를 끌고 있는 자동판매 기계야. 사람의 손이 필요 없지. 동전을 넣으면 음료나 물건들이 나와."

"그거 하나 설치하면 인건비는 아낄 수 있겠다. 그렇지만 인건비가 저렴한데 자판기를 설치할 이유가 있을까?"

"인건비가 높아지면 필요한 순간이 오겠지."

"신기한 걸 알고 있네."

"외국 문물에 관심이 많이 생겼어. 화장품들 해외 수출을 염두에 두고 있으니까."

"대단해. 빨리 네 말대로 됐으면 좋겠다. 훌륭한 품질을 지닌 혁신적인 제품들이니까, 곧 해외 수출이 될 거야."

"그렇게 만들려고. 기회가 오지 않으면 만들면 그만이니까."

차준후가 자신감을 드러냈다.

그런 사내를 여인이 잠시 물끄러미 바라보았다.

왠지 조만간 스카이 포레스트에서 만든 제품들이 해외로 출시될 것만 같았다.

"자! 받아. 스카이 포레스트는 물건을 구매할 때 현금 지급이라고 해서 준비해 왔어."

그녀가 두툼한 가죽가방을 테이블 위에 올려놓았다.

"얼마인데?"

"백만 환."

"많이도 준비했네."

"두고두고 납품받으려고. 아빠가 가지고 가라고 했어."

"알았어. 백만 환어치의 물건을 납품하지."

차준후가 담담하게 말했다.

백만 환!

엄청난 거금이다.

스카이 포레스트에서 가장 큰 거래가 성사되는 순간이었다.

"백만 환에 대한 납품 계약서 준비해 주세요."

"네."

종운지가 빠른 속도로 납품 계약서를 작성해 나갔다.

80만 환을 입금한 게 방금 전이다.

조아 은행 용산 지점 은행원이 사장실에 왔다가 돌아갔는데 또다시 와야만 하겠다.

"받아."

차준후가 도장을 찍은 계약서를 건넸다.

납품 계약서를 꼼꼼하게 살펴본 서은영이 자리에서 일

어났다.

"돌아가서 곧바로 1층에 립글로스 매장을 만들어야겠어."

"기대하고 있을 테니, 잘해 봐."

자신이 만든 립글로스가 신화 백화점에서 어떤 모습을 선보일지 순수하게 기대됐다.

"립글로스 매장을 열면 한 번 찾아와. 그때 약속한 식사 대접도 할 테니까."

"알았어."

서은영이 하이힐 소리를 또각또각 내면서 사장실에서 나갔다.

창문 밖을 바라보니 붉은색 차량이 떠나갔다.

그리고 택시에서 내린 월간천하 기자 이하은이 건물로 뛰어오고 있었다.

* * *

용산 후암동 스카이 포레스트 공장 창문을 통해 밝은 햇살이 들어왔다. 마호가니 고급 원목 책상 위에 일간지 신문들이 가지런히 놓여 있다.

원피스를 입고 있는 종운지가 편안한 표정으로 업무를 보고 있었다.

벽에 걸려 있는 시계가 9시에 약간 못 미쳤다.

"오늘도 좋은 아침입니다."

차준후가 사장실 문을 열고 출근했다.

"좋은 아침이에요. 아이스 아메리카노 드릴까요?"

종운지가 화사하게 웃으며 차준후의 출근을 반겼다.

매일 아침 똑같은 일이 반복된다.

차준후에게 아이스 아메리카노를 드리는 일이 소중하게 다가왔다.

"한 잔 부탁해요."

"네."

종운지가 탕비실로 향했다.

차준후가 의자에 앉으며 책상 위 신문들을 쫙 펼쳤다.

일면을 장식하고 있는 헤드라인 뉴스들을 살폈다.

「이승민, 미국 망명하나?」

「권한 대행 체제 혼란스럽다」

「정국 혼란 심화, 대한민국 표류하다」

「일본을 압도한 스카이 포레스트. 여성들의 마음에 립글로스를 꽂다」

차준후가 천하일보를 우선적으로 살폈다.

기사를 읽어 보니 유리알의 촉촉한 광택감을 더해 줄 수 있는 립글로스 오아시스에 대한 찬사들이었고, 폭발적인 반응으로 초도 물량이 매진됐다고 적혀 있었다.

"이번 기사도 자극적이네. 왜 일본을 자꾸 꺼내 드는 건데?"

이하은 기자가 작성한 문구들을 보며 피식 웃었다.

저번에 일본을 거론하며 재미를 톡톡히 보았는지 이번에도 재탕을 하고 있었다. 달라진 점이 있다면 골든 이글에서 립글로스 오아시스로 바뀐 사실뿐이었다.

"사장님, 아이스 아메리카노 가져왔어요."

"고마워요."

"당연히 해야 하는 제 일이에요."

종운지가 배시시 웃으며 자신의 자리로 돌아갔다.

꿀꺽!

차준후가 시원한 커피 한 모금을 마셨다.

오전에 커피 한 잔과 함께 모든 일간지 신문을 읽는다.

[대통령의 하야 이후 정국이 한 치 앞도 보이지 않을 정도로 어지럽다.]

립글로스에 대한 헤드라인 뉴스와 함께 정치권에 대한 이야기가 천하일보 일면에 실려 있었다.

"음! 역시나 똑같이 흘러가는구나."

차준후가 침음을 흘렸다.

자신의 등장으로 인해 혹시라도 변화가 있을지도 모른다고 생각했었는데, 바뀐 건 없다.

"권력을 움켜잡기 위해 혈안인 정치권은 국민들의 민주주의 자유화 요구는 뒷전이야."

정치권에 인물이 없었다.

정치가들은 국민이 피를 흘려 가며 만들어 준 역사적 상황을 이해할 안목이 부족했고, 혼란스런 정국을 수습할 능력이 없었다.

정국은 차츰 혼란과 불안의 수렁으로 빠져들고 있었다.

꿀꺽!

답답한 마음에 커피 한 모금을 입에 가득 넣고 마셨다. 시원한 커피를 마셨음에도 불구하고 마음이 답답했다.

"정치는 정치가들에게 맡기고, 나는 경제에 집중하자."

차준후가 자신이 나아가야 할 길을 분명하게 정했다.

안타깝고 바로잡아야 할 내용들이 많은 정치권이지만 솔직한 심정으로 권력 다툼에 얽히고 싶지 않았다.

굵직굵직한 정치권의 이야기들을 아는 것이지, 그 내면에 복잡하고 사소한 부분들을 알지 못했다.

섣불리 접근했다가는 오히려 불을 향해 날아가는 나방 꼴이 될 가능성이 높았다.

팔락!

차준후가 신문을 주의 깊게 살폈다.

신문은 시대상을 가장 잘 보여 준다.

1960년대의 일상을 잘 모르는 차준후에게 많은 걸 알려 준다.

시대를 알아 가는 길임과 동시에 역사를 배우는 값진 시간이다.

* * *

똑똑똑똑!

노크 소리가 울린다.

"사장님, 공장장 최우덕입니다. 생산 물량으로 상담할 이야기가 있어 찾아왔습니다."

"들어오세요."

문이 열리고 최우덕이 들어섰다.

"앉으세요. 커피나 오렌지 주스 드시겠어요?"

"아닙니다. 출근하고 오렌지 주스를 곧바로 먹은 지 오래입니다."

최우덕이 웃으며 말했다.

직원들은 탕비실에서 다과와 음료를 출근하면서 빠지지 않고 꼬박꼬박 먹고 있었다.

쉽게 먹을 수 없는 탄산음료와 오렌지 주스 인기가 높았다.

씁쓸한 커피를 좋아하는 직원은 많지 않았다.

"생산 물량에 문제가 생겼나요?"

"아닙니다. 직원들이 작업에 익숙해지면서 생산 물량이 하루에 11만 개를 약간 상회하여 나오고 있습니다."

"좋은 일이네요."

10퍼센트의 물량이 늘어났다.

공장도가로 하루에 8만 환의 매출이 성장했다는 소리이다. 한 달로 따지면 240만 환으로 결코 적은 금액이 아니다.

"주문 물량을 맞추려면 잔업이 필요합니다."

최우덕이 방문 이유를 꺼내 들었다.

몇 차례 넌지시 잔업을 이야기했지만 차준후가 승낙하지 않았다.

잔업 대신에 얼마 후 계획된 직원 모집으로 생산 물량을 늘리겠다고 이야기했다.

"잔업이요?"

최우덕의 요구에 차준후가 마뜩잖은 표정을 지었다.

잔업이 싫었다.

회사 입장에서는 좋을지 몰라도 개인적으로 여유로운 삶을 선택하고 싶었기 때문이다.

회사를 창업해서 사장으로 지내고 있지만 여전히 직원의 정신을 가지고 있다.

"지금 생산 물량으로는 주문 물량에 턱없이 부족합니다."
"잘 알고 있지요."
"오전에 2시간, 저녁에 2시간 잔업을 하면 생산량을 절반 더 만들어 낼 수 있습니다."

점심시간을 빼면 직원들이 하루에 8시간을 일하고 있다. 4시간의 잔업이면 하루 생산량이 50퍼센트 늘어나게 된다.

"그렇게까지 할 필요가 있나요? 정규 작업 시간만 해도 직원들이 피곤해할 텐데요."

차준후가 우려를 나타냈다.

"하나도 피곤하지 않습니다. 직원들 모두가 더 일하고 싶어 합니다."

"직원들이요?"

차준후가 어리둥절해하며 물었.

정규 시간에 열심히 일하고 나면 가정에 돌아가 편안하게 휴식을 취한다!

그게 바로 직장인들이 바라는 삶이다!

분명 하루에 9시간 회사에 있는 걸로 충분하게 넘치는데⋯⋯.

"추가 수당도 받을 수 있다고 하니, 다들 일하고 싶다고 난리입니다. 추가 수당을 이야기하지 않았는데 처음부터 잔업을 하겠다고 이야기들 했지요."

차준후의 반대를 예상한 최우덕이 일일이 모든 직원을 만나고 왔다.

그리고 잔업에 대한 동의를 얻어 냈다.

스카이 포레스트와 차준후에 대한 충성심이 대단한 직원들이다.

"흠! 제가 조금 오해를 했네요."

차준후가 생각을 다소 잘못했다는 걸 깨달았다.

잔업 수당을 받아도 일하기 싫어하는 21세기 사람들과 달리 1960년대의 사람들이 얼마나 열정적으로 일하는지를 잠깐 외면했다.

"잔업을 허가해 주십시오. 저를 비롯한 모든 직원들이 간절히 원합니다."

"알겠습니다. 하고 싶다면 해야지요. 잔업 수당을 지급하겠습니다."

차준후가 승낙했다.

직원들이 모두 원한다는데, 받아들여야지.

지금까진 직원들을 배려해서 잔업을 하지 않았을 뿐이었다.

"감사합니다. 직원들이 좋아할 겁니다."

최우덕이 고개 숙이며 고마워했다.

왜 잔업을 하는데 직원들이 좋아하는 걸까?

차준후로서는 쉽게 이해하기 어려운 부분이었다.

"잔업 수당은 정규 시간의 평균 임금보다 더 받는 거 아시지요?"

"예? 잔업 수당을 더 많이 주시겠다고요?"

최우덕이 놀랐다.

잔업 수당이 아예 없거나 쥐꼬리만큼 생색내면서 지불하는 공장이 태반이었다.

"통상 임금보다 시간당 50퍼센트 더 많이 지불됩니다."

차준후가 법을 준수했다.

초과하는 시간 외 근로인 연장 근로에 대해서 통상 임금의 50퍼센트를 가산하여 지급한다.

근로 기준법에 나와 있는 내용이다.

"돈을 왜 더 주시는 건가요?"

"쉬고 있던 공장이 돌아가면서 회사가 추가적인 이익을 얻을 수 있기 때문이지요. 편안하게 지낼 수 있는 직원들의 시간을 빼앗는 걸 금전으로 보상하는 겁니다."

차준후가 설명했다.

잔업 수당을 추가로 지불한다고 해도 회사는 이익이었다.

"사장님, 정말 감사합니다."

최우덕이 고개를 푹 숙였다.

이런 모습을 하도 보다 보니 나름 익숙해졌다.

"감사해야 할 부분이 아닙니다. 직원들이 열심히 노동

을 하니까 회사에서도 팍팍 지불을 하는 겁니다. 그리고 근로 기준법에 정해져 있는 내용입니다."

차준후가 알려 줬다.

공장장이 사장을 악덕 사장으로 만들려고 하는구나.

잔업 수당을 정규 임금보다 많이 지불해야 하는 건 법규로 정해져 있다.

법규를 어기면 사업주와 근로자에게 큰 문제가 발생한다.

"그런 법이 있다고요?"

최우덕이 되물었다.

금시초문이다.

근로 기준법?

그게 뭐 하는 건데.

"하아! 근로자가 근로 기준법을 모르면 어떻게 합니까? 권리는 스스로 지켜야 하는 법입니다. 최초의 근로 기준법은 1953년 5월 10일에 제정됐어요. 한번 찾아서 보시기를 권합니다."

차준후가 임준후였던 시절 근로 기준법에 관심을 가진 적이 있었다.

최초의 근로 기준법에서는 근로자에게 연차, 월차, 생리 휴가, 공휴일 휴무 등의 유급 휴가를 줘야 한다고 명시하고 있다.

'대한민국의 최초 근로 기준법은 지켜야 하는 법률이

아니라 북한과의 이념 대결 때문에 보여 주기 식으로 만들어졌지.'

미래의 근로 기준법보다 좋은 면이 많았지만 사실상 사장된 법률이다.

회사에서는 근로 기준법을 빠져나갈 방도가 존재한다.

회사와 근로자가 잔업 수당, 특근 수당, 경제 보상 또는 배상금 등을 근로 계약서를 통해 협의하면 법률과 행정 법규의 강제적인 규정을 위반하지 않게 된다.

"근로 기준법! 이름은 좋네요. 지금껏 회사에서 오랜 세월 일했지만 들어 본 적이 없는 이름입니다. 지키는 회사가 있기는 할까요? 저는 본 적이 없습니다."

최우덕은 회의적이었다.

알아도 쉽게 꺼내지 못한다.

회사는 언제든 교체할 수 있는 소모품인 노동자들의 이야기를 들어 주지 않는다.

문제를 제기하면 곧바로 해고된다.

실업자가 되고 만다.

노동자들이 회사나 공장에서 갈려 나가는 시기이다.

저렴한 임금을 받고서라도 일하겠다는 사람들이 넘쳐났다.

"저는 근로 기준법을 지킬 겁니다."

차준후가 담담하게 말했다.

이름 있는 회사들과 규모가 있는 공장들도 근로 기준법을 지키지 않는다. 작은 회사인 스카이 포레스트를 운영하는 사장이 지키겠다고 천명한다.

"직원들을 생각하는 사장님이라면……. 그래요, 있다는 근로 기준법을 지키시겠네요."

울컥했다.

눈시울이 붉어졌다.

왜 이렇게도 감동을 주는 건가?

차준후와 이야기를 나누다 보면 눈물이 흘러나올 것만 같았다.

"악법도 법이라고 배웠고, 법은 지킬 때 의미가 있으니까요."

서양의 철학자 분이 한 말의 의미를 곱씹게 되는 차준후이다.

근로 기준법을 지킨다고 해도 들어가는 비용이 아주 저렴하다.

이 시대의 인건비는 너무나도 저렴하니까.

"한 가지만 약속해 주세요."

"듣겠습니다. 말씀하시지요."

"잔업이 싫다는 직원이 있으면 절대 강제로 시키지 마세요."

어디까지나 자율로 직원들이 잔업을 선택하도록 내부

규정을 만들었다.

"절대로 하지 않겠습니다."

최우덕이 기쁜 낯으로 받아들였다.

직원들에게 나쁜 내용이 아니다.

'끝까지 직원들을 챙겨 주시는구나.'

감복했다.

그런데 더 감복하는 일이 연달아 일어났다.

"잔업 수당은 당일 날 경리에게 받아 가라고 전달하세요. 현금으로 바로 받는 편이 직원들에게 좋아 보이니까요."

한 푼이라도 더 벌려는 직원들에게 곧바로 잔업 수당을 지급하기로 마음먹었다.

"직원들이 좋아할 겁니다. 지금 바로 밖에 나가서 알려야겠네요."

어렵고 힘들게 살아가는 궁핍한 직원들에게는 현금으로 지급되는 잔업 수당이 커다란 힘이 된다. 차일피일 지급을 미루는 회사들과 달리 스카이 포레스트의 현금 지급은 시원시원했다.

"고생하세요."

"고생이 아니라 즐거움입니다, 사장님."

최우덕이 고개를 숙이고 발걸음도 가볍게 사장실을 나섰다.

잠시 후 밖에서 환호성이 터져 나왔다.

사장실까지 들려오는 직원들의 목소리가 무척 컸다.

"사장님께서 잔업을 허락하셨다. 오늘부터 잔업을 하고 싶은 직원들은 퇴근 시간이 오후 8시로 변경된다. 아침에도 잔업하고 싶으면 오전 7시에 출근하고."

"와아아아! 잔업이다."

"오늘부터 잔업을 할 수 있게 됐어."

직원들이 잔업을 열렬하게 반겼다.

"잔업 수당은 당일 즉시 지급! 경리에게 받아 가면 된다고 말씀하셨지."

최우덕이 사장실에서 들었던 복음을 그대로 전파했다.

"와아아아! 사장님, 최고다."

"잔업 수당을 당일 현금으로 지급하신다. 이런 사장님은 본 적이 없어."

크게 반길 수밖에 없는 기쁜 소식에 회사가 시끌시끌했다.

"자! 조용히 하세요. 마지막 큰 거 하나 남았으니까."

시장 바닥처럼 시끄럽던 주변이 일순간 조용해졌다.

최우덕의 입에서 어떤 말이 튀어나올까?

모두가 즐거운 마음으로 기다렸다.

"잔업 수당을 정규 임금보다 무려 5할 이상 많이 지급하신단다."

최우덕이 마지막에 가장 중요한 걸 터트렸다.

"와아아아! 최고다. 우리 사장님이 최고야!"

"지금 임금도 많은데, 잔업을 하면 임금보다 5할 더 받는다는 소리잖아. 대체 얼마인 거야?"

"넌 700환 받으니까, 350환에서 5할 더해 봐."

"으음! 그게 얼마지? 에라, 모르겠다. 그냥 많이 준다는 거잖아. 경리가 알아서 챙겨 주겠지."

"매일 빠지지 않고 잔업할 거야. 오후 8시가 아니라 밤늦게까지 잔업을 하고 싶어."

직원들이 잔업을 통해 보통 회사의 월급을 챙길 수 있게 됐다.

스카이 포레스트의 직원들 퇴근 시간이 오후 8시로 변경됐다.

출근 시간은 7시로 조정됐다.

"잔업을 하는 게 저렇게 기뻐할 일인가?"

차준후가 들려오는 직원들의 반응에 고개를 갸웃거렸다.

"물론이죠, 사장님. 잔업으로 받을 돈을 생각하면 가슴이 엄청나게 설레요."

종운지의 얼굴이 발그레했다.

잔업을 통해 600환이나 더 받을 수 있게 됐다.

가난한 그녀의 가정에 커다란 도움이 되는 엄청난 금액이다.

"간식을 제공해야 하나?"

차준후가 좋아하는 직원들을 위해 고민했다.
다 먹고살자고 하는 일이잖은가.
열심히 일하는 직원들의 배고픈 모습을 보고 싶지 않았다.
"맛있는 간식들을 알아봐야겠군."
직원들에게 간식을 주면서 자신의 몫까지 챙기려는 차준후가 군침을 삼켰다.
잔업 때 먹을 수 있는 간식 제공이 확정됐다.
직원 복지 혜택이 회사에 하나 더 늘어났다.

* * *

직원들이 잔업을 열심히 하고 있는데, 사장이 편하게 쉬고 있을 수는 없는 노릇이었다.
'이제는 단순한 화장품이 아닌 혁신적인, 새로운 화장품을 출시하고 싶다.'
차준후는 한국이 아닌 세상을 놀라게 할 혁신적인 화장품의 필요성을 강하게 느꼈다.
"상공부 산업 정책국 부탁합니다."
전화기를 든 차준후가 신제품 출시를 위한 첫걸음을 내디뎠다.

제7장.

낙농 산업

낙농 산업

"산업 정책국 부국장 홍종오입니다."

호리호리한 중년 사내이다.

그는 일본 규슈 대학교를 나오고 공업국과 수산국 등을 두루 걸친 상공부의 인재였다.

산업 정책국은 국가의 산업 정책을 정하고 들여다보는 중요한 부서이다. 권위가 대단했고, 주요 인사들은 다른 부처의 차관과 장관으로 자주 영전했다.

대단한 권위를 가진 부국장이 직원들을 대동하고 직접 낙농 산업에 대한 이야기를 나누기 위해 회의실에 나타난 것이다.

"전화드렸던 차준후입니다. 부국장님이 직접 대화를 나설 줄 예상하지 못했습니다."

낙농 산업 〈191〉

며칠 전에 약속을 잡았던 차준후가 산업 정책국 회의실에서 홍종오와 악수를 나눴다.

"평소 중요하게 생각해 온 낙농 산업이기에 직접 나왔습니다."

홍종오가 웃으며 말했다.

사실 그는 부하 직원이 낙농 산업에 스카이 포레스트의 사장 차준후가 관심을 가지고 있다는 보고를 들었을 때만 해도 직접 대면할 생각이 없었다.

- 조사 한번 해 봐.

부하 직원에게 지시했었다.

왜?

낙농 산업은 많은 투자금이 들어가기 때문이었다.

제대로 된 사업가인지 검증이 필요했다.

차준후가 재무부 차관이었던 차운성의 아들이라는 사실을 알게 됐다. 존중해 줘야 하는 돈 많은 상속자라는 걸 보고받았기에 이번 대화에 직접 나서게 됐다.

국장으로 승진하고 차관, 장관까지 올라가기 위해서는 뛰어난 사업가나 정치가들과 깊이 얽히면서 고무적인 산업들을 펼쳐 내야만 한다.

"낙농 산업에 관심이 있다고 들었습니다."

"맞습니다."

"낙농 산업이 성공하면 좋겠지만 위험성이 큰 사업입니다."

홍종오가 사실을 그대로 알렸다.

혹시라도 아무것도 모른 채 낙농 산업에 진출하겠다고 호기롭게 나선 건지도 몰랐기 때문이다.

"알고 있습니다. 다른 사람이나 기업에는 위험할지 몰라도 저에게는 아닙니다. 위험성을 모두에게 동일하게 적용하는 건 맞지 않습니다."

차준후가 쓸데없는 걱정이라고 치부했다.

능력이 뛰어난 사람에게 아무도 접근하지 않는 위험한 사업은 얻을 게 많은 도전이었다.

"차준후 씨라면 다를 수도 있겠네요."

홍종오가 호의 어린 시선으로 차준후를 바라보았다.

고품질의 화장품 불모지나 다름없는 대한민국에서 놀라운 제품들을 연달아 출시한 사람이었다.

"국가와 국민을 생각해 주셔서 감사합니다. 화장품 회사인 스카이 포레스트가 낙농 산업에 진출할 줄은 전혀 예상하지도 못했습니다."

감격에 찬 표정의 홍종오가 연달아 말을 이었다.

대한민국은 고질적인 식량 문제로 신음하고 있다.

그냥 먹을 게 다 부족했다.

배를 곯아야 하는 국민들만 해도 상당하다.

이 시대에 삼시세끼 배불리 먹는 가정은 대단히 드물었다.

오죽하면 대한민국의 최우선 목표 가운데 하나가 바로 식량의 자급자족이었겠는가.

그러니 영양가 좋은 우유를 생산하겠다는 차준후의 낙농 사업 제안은 산업 정책국의 대단한 호의를 받을 수밖에 없었다.

'그게 아닌데. 화장품 만들 원재료를 확보하기 위함입니다.'

차준후가 말을 아꼈다.

상대의 착각이 유리한 측면을 이끌고 있기에.

구태여 착각을 고치게 할 필요가 없었다.

낙농 산업의 원유와 우유 등을 판매해 벌어들인 돈으로 다시 화장품 기술과 시설 장비에 투자할 수 있고, 유휴 인력들의 일자리를 크게 창출할 수 있는 사업이었다.

이익, 일자리, 재투자 등의 선순환을 이룰 수 있었다.

"어려움이 있을지는 몰라도 국가와 국민, 그리고 저에게 좋은 기회라고 생각하고 있습니다. 다른 사업가들이 뛰어들지 않으니 이해관계가 복잡하지 않아서 좋기도 하고요."

위험성이 높았기에 차준후는 좋았다.

아무도 걷지 않은 눈 펄펄 내리는 벌판을 나 홀로 걸어가는 기분이라고 할까.

먼저 발자국을 내디디면서 선점할 수 있었다.

국내 시장에서 선점은 대단히 중요했다.

후발 주자가 따라오지 못할 정도로 압도적으로 내달리면?

홀로 엄청난 이익을 쟁취하는 게 가능하다.

"개인적으로 낙농 산업이 국가와 국민에게 유망하다고 생각하고 있습니다. 그러나 아직까지 국내에 낙농 산업이 발전하지 않은 이유를 아십니까?"

홍종오가 주도적으로 이야기를 진행했다.

"여러 가지 이유가 있겠지만 가장 우선적으로 지나치게 많은 자본이 투자되기 때문이겠죠."

차준후가 답했다.

대규모 자본 투자!

가난하고 어려운 대한민국의 경제다.

그것이 낙농 산업의 발전을 막고 있었다.

"맞습니다. 많은 자산을 보유하고 있는 차준후 씨라면 낙농 산업을 잘 진행하실 수도 있겠죠."

"관심을 가지고 있는 기업은 없습니까?"

"국가와 국민에게 커다란 도움이 되는 낙농 산업인데도 불구하고 나서는 기업들이 없네요. 국내 사업가들은 돈이 되지 않는다면서 낙농 산업에 참여하기를 꺼려 하고 있는 실정입니다."

홍종오는 돌아다니며 사업가들의 참여를 오랜 세월 독려했다.

이승민 정부와 정부 부처에서 관심을 기울이고 있던 낙농 산업이었다.

사업가들에게 돈이 되지 않을지 몰라도 국가와 국민에게 파급력이 큰 낙농 산업이었다.

"많은 자본 투자에 이익이 불확실하니 도전하지 않는 것입니다."

차준후는 사업가들의 불참여를 이해했다.

이익을 거둘 수 있는 사업들이 시장에 많이 널려 있었기에 기업들의 낙농 산업 참여는 어려웠다.

"안타깝게도 시기가 좋지 않습니다."

홍종오는 어렵고 힘든 시기에 낙농 산업을 하겠다고 나선 차준후의 등장이 무척 반가웠다.

가뭄의 단비와도 같았다.

"시기라면?"

"정국이 혼란스럽습니다. 외화를 이용해야 하는 사업들에 대해서 철저하게 들여다보고 있습니다. 국가와 정부 부처의 허락을 받지 않으면 사업을 진행할 수 없습니다."

"꼭 필요한 곳에만 외화를 사용하겠다는 거군요."

"맞습니다. 현재 대한민국에는 책임을 지려고 하는 정부 부처나 정치가가 없습니다. 정책적인 국가사업들이 모두 멈췄다고 보시면 됩니다."

대통령 이승민의 하야 이후 대한민국 정부 정책들이 제대로 이뤄지지 않았다. 새로운 정부 정책은 아예 없었고, 기존의 정책들마저 제대로 이뤄지지 않고 있는 형국이었다.

"새로운 정권이 들어서기 전까지는 낙농 산업 진행이 어렵다는 이야기입니까?"

차준후가 얼굴을 굳혔다.

"안타깝게도 그렇습니다. 곧 정부가 새롭게 구성되면서 어지러운 정국이 안정될 예정이니, 조금 여유를 가지고 기다려 보세요. 그때가 되면 전폭적인 협조를 해 드리겠습니다."

정색하는 차준후를 보면서 홍종오의 말투가 더욱 정중해졌다.

'국가와 나라를 생각해 주는 사업가다. 투철한 애국정신을 가진 사업가를 강하게 지원해 줘야지.'

홍종오는 정부 부처에서 혜택 줄 수 있는 일들을 미리 준비할 예정이었다.

여건이 허락되면 언제라도 협조를 할 수 있도록.

낙농 산업 〈197〉

차준후도 빠른 시일 내에 정부 부처의 협조를 받을 수 있다면 충분히 기다릴 수 있다.

"흠! 시간을 따지는 건 의미가 없을 수도 있습니다."

새로운 정권이 들어서기까지 1년 정도 걸린다는 걸 알고 있었다.

안정될 예정이라고?

권력 다툼으로 정국은 더욱 혼란스러워진다.

그리고 독재자의 등장과 함께 초기에는 아주 아수라장이 된다.

이대로 기다림을 선택한다는 건 말 그대로 허송세월이었다.

이러면 이야기가 달라진다.

"지금 낙농 산업을 진행하는 건 여러 가지로 문제가 많습니다."

홍종오가 차준후를 설득하려고 노력했다.

허락받지 않고 외화 반출을 하려다가는 정치권에 밉보일 수도 있었다.

아니, 무조건 밉보이게 된다.

전도유망한 청년 사업가가 잘못된 길로 걸어가게 둘 수는 없었다.

잘나가는 기업들이라고 해도 정치권에 찍히면 사업하기 힘든 시기였다.

"정국이 안정될 거라는 건 지나친 낙관이잖습니까. 시간이 모든 문제를 해결해 주지는 않습니다."

차준후가 질색했다.

감나무 아래에서 감 떨어지기만 기다리는 꼴이었다.

"그건 저도 알지만 공무원으로서 한계가 있습니다."

홍종오도 답답한 속내를 드러냈다.

낙농 산업을 하겠다고 스스로 찾아온 사람에게 도움을 주지 못할망정 거부하고 있었으니, 공무원으로서 참으로 미안했다.

"외화만 쓰지 않으면 되는 일 아닙니까?"

차준후가 해답을 내놓았다.

지금 문제가 되는 게 바로 외화였다.

빈약한 외화를 보유하고 있는 대한민국에서 물건을 수입하기 위해서는 일일이 정부 부처 상공부의 허락을 구해야만 하는 실정이었다.

"맞습니다. 그렇지만 외화가 없으면 진행할 수 없지 않습니까?"

대한민국에는 낙농 산업의 기반이 전무하다시피 했다.

외국에서 젖소, 낙농 시설 등 전반적인 모든 걸 수입해 와야 한다.

외화는 필수였다.

"제가 개인적으로 해결해 보겠습니다."

차준후가 담담하게 말했다.

대한민국이 보유하고 있는 외화를 사용하지 않겠다는 이야기였다.

"이해가 가지 않습니다. 외화 없이 낙농 산업을 진행할 수 있나요?"

홍종오가 정색을 했다.

혹시라도 혈기 넘치는 차준후가 사채 시장에서 외화를 구하려는 건 아닌지 우려했다.

다행스럽게도 그의 기우로 끝나는 일이었다.

"노력하다 보면 다 길이 있습니다. 해외 차관으로 진행하면 됩니다."

차준후가 가볍게 해답을 내놓았다.

그런데 그 해답이 가볍지 않고 무겁게 다가섰다.

"해외 차관 말입니까? 쉽지 않습니다."

홍종오가 곤혹스러워했다.

그러고 왜 해외 차관을 생각하지 않았겠는가.

대한민국은 해외 차관을 빌려 오기 힘든 처지였다.

미국의 무상 원조와 경제 원조가 없으면 최빈국 대한민국 경제는 휘청거린다. 나라 경제를 일으켜 세우기 위해 여러 차례 해외 차관을 알아보고 있었지만 성과가 없었다.

"불가능한 일이 아닙니다. 충분히 낙농 사업 해외 차관을 받을 수 있습니다."

차준후가 자신감을 드러냈다.

'국가에서 하지 못하는 일을 일개 개인이 한다는 건 불가능하다.'

공감하지 못한 홍종오가 속으로 생각했다.

무상 원조를 해 주는 미국에 여러 차례 낙농 차관을 이야기했지만 아무런 성과가 없었다.

미국에서는 대한민국의 낙농 산업이 아직 시기상조라면서 차후에 이야기를 하자고 했다.

"해외 차관을 받아 온다면 필요한 모든 협조를 해 드릴 수 있습니다."

그가 속내를 드러내지 않으면서 잘됐으면 하는 바람을 드러냈다.

"우선적으로 대한민국 정부에서 낙농 산업에 협조하겠다는 공문서 한 장 부탁합니다."

차준후가 말했다.

"공신력 있는 공문서는 안 됩니다."

홍종오가 꺼려 했다.

산업 정책국과 상공부를 비롯한 대한민국이 보증하는 공문서를 발행할 수는 없었다.

"협조할 수 있다는 산업 정책국의 도장이 찍힌 공문서만 있으면 됩니다. 그 정도면 언제든 입장을 뒤집을 수 있잖습니까."

차준후가 원하는 건 말 그대로 단순한 공문서였다.

협조할 수 있다는 말은 반대로 협조를 안 할 수도 있다는 뜻이 내포된다.

아무런 공신력이 없는 공문서.

그렇지만 그런 공문서라고 해도 높은 공직에 있는 공무원에게는 부담스러웠다.

"음!"

공문서를 작성했다가 나중에 문제가 생길 수도 있었기에 홍종오가 침음을 흘렸다.

단순한 공문서라고 하지만 잘못될 경우 공무원의 발목을 잡기에는 충분했다. 큰일로 번지면 공문서를 작성한 공무원뿐만 아니라 국가까지 휘말릴 수도 있었다.

"부국장님, 구두로 동의하시는 건 괜찮지만 공문서를 주시면 안 됩니다. 전례가 없는 일이라 위험합니다."

부하 직원이 홍종오에게 작은 목소리로 조언했다.

그런 모습을 차준후가 가만히 지켜봤다.

'앞으로 있을 일의 진행을 수월하게 만들기 위한 정부 공문서였을 뿐인데, 크게 신경들을 쓰고 있구나. 공무원들은 모두 서류로만 이야기를 한다고 하더니······.'

공무원들의 복지부동을 잘 알고 있었기에 차준후는 크게 기대를 하지 않았다.

"부담스러우면 공문서를 주지 않으셔도 됩니다."

공문서가 있으면 협력을 구하는 게 좀 더 수월할 뿐이었다.

 편하면서 좀 더 빨리 일을 진행할 수 있다.

 없으면 없는 대로 번거롭고, 시간이 더 걸리는 방법으로 진행하면 된다.

 "공문서를 써 드리지요."

 홍종오가 결단을 내렸다.

 만약 일이 잘못되면 공무원 경력에 큰 오점이 될 수도 있었다.

 하지만 위험을 기꺼이 감수하기로 했다.

 "부국장님."

 "조용히 있게. 개인이 위험을 무릅쓰고 낙농 산업을 진행하겠다는데, 정부 부처의 책임자가 비겁하게 모른 체만 할 수는 없는 노릇이지."

 부하 직원의 반발에도 결정을 물리지 않았다.

 "고맙습니다."

 차준후가 해야 한다는 걸 과감히 진행시키는 홍종오를 다시금 바라봤다.

 열정이 있는 공무원이었다.

 "아닙니다. 더 큰 도움을 드리지 못해서 죄송할 뿐입니다."

 홍종오가 미안함을 담아서 고개를 숙였다.

"충분한 도움입니다. 공무원의 입장도 이해하고 있고요. 커다란 도움을 받았다는 걸 잊지 않겠습니다."

차준후도 가볍게 고개를 숙였다.

회의실에서 홍종오가 직접 작성한 공문서에 상공부 산업 정책국의 직인을 찍었다.

붉은 직인이 선명했다.

"솔직히 긍정적으로 받아들이려고 생각합니다만, 아직도 부정적인 생각이 더 큽니다. 정말 낙농 산업을 위한 해외 차관 도입이 가능합니까?"

공문서를 건네는 홍종오가 회의적인 시각을 드러냈다.

"국가들 사이에는 이해관계가 복잡합니다."

"물론이지요. 매 순간 첨예하게 다투고 있습니다. 너무 다투다가 전쟁도 벌이고요."

"복잡한 이해관계를 잘 파고들어 가면 우리 낙농 산업을 긍정적으로 받아들이는 국가가 나타날 겁니다."

"네? 그게 도움이 된다고요?"

"이익이 되는 일에는 국가도 기업처럼 경쟁하며 뛰어드는 법이니까요."

공문서를 집어 든 차준후가 웃었다.

안 될 것 같다고?

원래 역사에서도 낙농 차관은 등장한다.

다만 시간이 조금 이를 뿐이다.

차준후는 오기가 생겼다.

'원래대로라면 몇 년 후의 일이겠지. 그러나 미래를 알고 있는 내가 나서면 이야기는 달라진다. 기필코 해내고 말겠다.'

이렇게 된 이상 우격다짐으로라도 낙농 산업을 진행시키겠다고 결심했다.

산업 정책국을 나서는 차준후의 안색이 밝았다.

* * *

골든 이글, 립밤, 립글로스는 가마솥만 있어도 제작이 가능한 아주 기초적인 물건들이었다.

찬사를 받고 있는 물건들이었지만 솔직히 21세기에서 화장품 회사 연구원으로 있던 차준후의 성에 차지 않았다.

'이 시기의 한국에서 제대로 된 화장품을 만들기 위해서는 원재료부터 확보해야 한다.'

1960년에 화장품을 대량 생산하기 위해서는 가장 먼저 원재료가 해결되어야 했다.

원재료를 구하는 게 쉽지 않은 시기이다.

돈을 주고도 구입하기 어렵다면?

직접 만들면 그만이다.

그래서 산업 정책국까지 찾아가서 부국장을 만난 것이다.

다음 발걸음을 내딛기 전에 준비해야 할 게 있었다.

대한민국 낙농업 발전 계획.

차준후가 종이 위에 한글이 아닌 영어로 크게 적어 넣었다.

읽어야 하는 사람이 한국인이 아닌 외국인이다.

그렇기에 발전 계획서를 영어로 작성해 나갔다.

'연구 자금을 타내기 위해 연구 계획서를 철저하게 작성하고는 했었지. 그게 도움이 될 줄은 몰랐네.'

뭐든 열심히 하면 언젠가 빛을 발하기 마련이다.

화장품 연구원으로 지내며 연구 자금에 목을 맸던 계획서 작성 기술이 빛을 발했다.

[경기도와 한강 남부의 많은 유휴지를 효율적으로 개발하는 동시에 초식 가축의 사육을 확대한다.

가축 증식에 따른 퇴비의 생산 증대로 지력 향상을 도모하고, 유휴 노동력을 낙농업 분야로 흡수하여 노동 생산성을 끌어 올린다.

우유 보급을 확대하여 국민 보건 향상과 장기적인 식생활 개선, 수입 유제품인 분유를 국내산으로 대체하여 외화 절약을 이끌어 낸다.

경기도와 한강 이남에 목장 부지를 제공하면 차관 제공

국가는 목장 조성에 필요한 자금과 기자재, 초지 조성 및 기술자를 파견한다.

대한민국의 낙농업에 대하여 지원 국가는 기업 목장 형태의 지원 육성을 해 줘야 한다.

낙농가에서 생산되는 원유의 원활한 수급을 위해 필요한 시설 장비, 유가공 공장의 설치, 운용 기술 전수 등에서 지원 국가는 상당한 이익을 볼 수 있다.]

차준후가 알아보기 쉽게 젖소 도입 및 증식 계획도 도표로 그려 넣었다. 그리고 들어가는 비용 또한 대략적으로 산출해서 적었다.

시중에서 우유를 찾아보기 힘들 정도로 대한민국의 낙농업 수준은 아주 초보적이다.

젖소를 키우는 농가는 1959년 기준으로 겨우 168농가에 불과하다.

대한민국은 우유 소비가 극도로 적었다.

냉장 유통이 보편화되기 이전 시기였기에 상온 보관이 가능한 연유와 분유가 주 생산품이었다.

유가공 산업은 대규모 설비가 필요했고, 원유와 완제품인 우유는 상온에서 쉽게 부패할 수 있는 성질을 가지고 있다.

냉장고 있는 곳을 찾아보기 힘든 시절이다.

젖소에서 나오는 원유를 마실 수 있는 사람들은 전국에서 아주 극소수였다.

투자하는 비용에 비해 얻을 게 많지 않고 오히려 손해를 볼 수 있기에 유가공 사업에 뛰어드는 기업은 존재하지 않았다.

대한민국의 낙농 산업이 본격적으로 시작된 건 1967년 낙농 진흥법이 제작되고 난 후다.

아직 제대로 된 기업의 발자취가 없는 낙농 산업에 차준후가 뛰어들려고 하고 있었다.

탁!

차준후가 볼펜을 내려놓았다.

완성된 대한민국 낙농업 발전 계획서가 책상에 놓여 있었다.

이제 준비 끝이었다.

"덴마크 대사관 부탁합니다."

전화기를 든 차준후가 교환원에게 이야기했다.

미국이나 캐나다가 아닌 덴마크를 가장 먼저 찾았다.

낙농 산업에 관심이 많은 덴마크는 미래에서도 한국에 진출한다. 다만 진출 시기가 뒤늦었기에 얻는 게 많지 않았다.

덴마크 낙농 업계는 대한민국에 빠른 진출을 하지 못한 걸 두고두고 아쉬워했다.

이익이 많다는 걸 안다면 일찌감치 진입하고도 남을 덴마크와 덴마크 낙농 업계이다.

절실하게 원하는 상대를 만나야 좀 더 우월적인 위치에서 편하게 대화를 나눌 수 있다는 걸 차준후는 잘 알았다.

- 연결해 드릴게요. 잠시 기다려 주세요.

교환원의 말과 함께 전화기에서 뚜루루루 하는 신호음이 울렸다.

한국 전쟁 때 대한민국에 병원선 MS 유틀란디아호를 보내 의료 지원을 한 덴마크는 한국과 인연이 깊다. 전쟁이 끝난 후에 병원선의 의료 기자재를 한국에 기증하고, 국립 의료원을 설립할 수 있도록 큰 도움을 줬다.

한국의 의료 발전에 큰 기여를 한 덴마크는 1959년에 한국과 정식으로 수교하였다.

코펜하겐에 대한민국 대사관이 개설됐고, 서울에 주한 대사관이 개설됐다.

뚜루루루! 뚜루루!

울리던 신호음이 멈췄다.

- 덴마크 대사관입니다. 무엇을 도와드릴까요?

능숙한 한국어를 구사하는 대사관 직원이다.

"스카이 포레스트를 경영하고 있는 차준후라고 합니다. 낙농업 수입에 관련되어 덴마크 대사님과의 만남을 요청합니다. 대한민국 산업 정책국에서 정식으로 발행된 낙농 산업 협조 공문서도 있습니다."

차준후가 혀를 굴려 가며 영어로 말했다.

미국 본토에서 직접 몸으로 체득한 영어로 스스로를 어필했다.

한국어로 말하던 대사관 직원이 영어로 물어 왔다.

- 대한민국 정부에서 협조를 하겠다는 공문서 말입니까?

역시.

얻어 낸 공문서가 커다란 도움이 됐다.

"대한민국에서 신선한 우유를 비롯한 낙농업 제품을 만들려고 합니다. 덴마크의 도움이 필요합니다."

차준후는 차기 화장품을 우유와 관련된 제품으로 생각하고 있었다.

우유는 200여 가지 영양소가 풍부한 완전식품이다.

'우유 단백질 추출물에는 화장품으로 쓸 수 있는 성분들이 넘쳐 난다. 질 좋은 우유를 생산하면서 품질 뛰어난 화장품들을 만들어 보자.'

화장품 사업을 위해 낙농업에 뛰어들려 하고 있었다.

화장품에 왜 낙농업이냐고?

모르는 소리.

우유는 고대로부터 화장에 많이 이용되어 왔다.

클레오파트라가 당나귀 젖으로 피부를 깨끗하고 윤기

넘치게 가꿨다는 건 아주 유명한 이야기다. 로마 황제인 네로의 부인 포파에아도 우유 목욕을 즐겨 했다.

각질 제거 단백질 분해 효소, 깨끗한 피부를 유지해 주는 지방산의 일종인 카프린산, 피부를 촉촉하면서 부드럽게 가꿔 주는 미네랄 성분, 민감한 피부인 아토피나 어린아이에게 효과적인 유지방, 콜라겐 생성을 도와 주름 생성을 완화시키는 당단백질, 레티놀 성분이 표피층을 두껍게 만들어 주름을 완화시키기도 한다.

우유에는 화장품으로 이용할 수 있는 성분들이 넘쳐 난다.

- 대사님께 말씀드리겠습니다. 잠시만 기다려 주십시오.

대사관 직원이 말했다.

사실 공문서보다 더 큰 힘을 발휘한 건 바로 차준후가 스카이 포레스트의 사장이라는 점이었다.

그는 스카이 포레스트에 대해서 잘 알았다.

머리에 골든 이글 크림을 직접 발라 보고서 기존에 사용하던 일본 물건에서 갈아탔다.

대사관에서 함께 근무하는 그의 부인까지 립글로스 오아시스를 아주 찬양하고 있었다.

놀라운 상품을 연달아서 출시한 스카이 포레스트의 사장 차준후의 전화를 받고서 처음에 무척 놀랐었다.

그런 회사의 낙농업 사업 제안에 곧바로 대사를 찾아가

적극적으로 만남을 주선했다.

기다림의 시간은 길지 않았다.

- 대사님께서 만남을 허락하셨습니다. 언제 시간 되십니까?

"바로 갈 수 있습니다."

- 오시면 됩니다.

차준후는 곧장 택시를 타고 이동했다.

* * *

"덴마크 대사관입니다. 무엇을 도와드릴까요?"

"스카이 포레스트에서 나왔습니다. 낙농업 관련 건으로 외교관님과 만나기로 약속을 했습니다."

"전해 들었습니다. 안으로 들어가시지요."

차준후가 현대적인 건물로 안내를 받으며 들어섰다.

고풍스러운 가운데 현대적인 감성을 가지고 있는 멋진 건물이었다.

"덴마크 대사, 알버트 요한입니다."

그가 하얀 팔을 내밀었다.

"스카이 포레스트 사장, 차준후입니다."

차준후가 알버트 요한과 가볍지만 힘 있는 악수를 나눴다.

"미국식 영어가 능숙하시네요."

어색한 콩글리쉬를 하는 한국 사람들만 잔뜩 보았던 알버트 요한이 묘한 눈초리로 차준후를 바라보았다. 이처럼 정교한 미국식 영어를 사용하는 자를 대한민국에서는 좀처럼 찾아보기 힘들었다.

"감사합니다."

당연한 소리.

1990년대에 미국에서 유학 생활을 했었기에 미국식 영어가 익숙할 수밖에 없었다.

"앉으시지요. 낙농업에 관심이 많다고 들었습니다."

그는 한국에서 낙농업 수입에 관련된 이야기를 들을 줄 미처 몰랐다.

정년퇴직이 얼마 남지 않은 외교관 알버트 요한이었다.

대한민국 주재 덴마크 대사관은 외교관들에게 인기가 없는 자리였다.

아프리카 빈국과 비슷한 대우이다.

미국이나 유럽으로 가고 싶었던 알버트 요한도 대한민국 외교관에 임명받지 않으려고 발버둥 쳤지만 결국 와야만 하는 신세로 전락했다.

"낙농업 선진국이라 하면 덴마크라고 생각해서 찾아왔습니다."

낙농 산업 〈213〉

"맞습니다. 아시다시피 낙농업이라면 덴마크가 최고입니다. 덴마크 우유라고 하면 유럽에서도 최고로 알아줍니다."

알버트 요한이 자부심을 드러냈다.

"대한민국에서 낙농업을 대대적으로 하려고 합니다. 젖소를 들여오고, 관련 시설 등을 일체 수입하고 싶습니다. 기술자들을 초빙하여 교육도 받아야 하겠고요."

"잘 생각했네요. 낙농업 선진국인 덴마크의 기술을 받아들이면 대한민국 낙농업도 발전할 겁니다. 아주 좋은 기회를 맞이하는 것이죠. 아주 잘 찾아오셨어요."

한국의 낙농업은 1900년대부터 시작되었는데, 한국 전쟁으로 인해 크게 퇴보됐다.

한국은 원유와 분유를 외국에서 들여오고 있는 실정이었다.

"저도 그렇게 생각합니다."

"뭐 필요한 도움이 있으십니까? 개인적으로도 도와드리고 싶네요."

알버트 요한이 환하게 웃으며 말했다.

"감사한 말씀입니다. 그렇지 않아도 도움을 부탁드리려 했습니다."

"무엇을 도와드리면 되겠습니까? 부담 없이 말씀하시지요."

알버트 요한은 대한민국에 와서 비로소 외교관으로서 할 일을 찾았다고 느꼈다. 외교관의 주된 업무 가운데 하나가 바로 무역 활동이었다.

최빈국 대한민국에서 낙농업 거래를 이끌어 내면 적지 않은 명성을 얻을 수 있고, 이를 바탕으로 더 좋은 나라로 영전될 가능성이 생긴다.

기회였다.

"대한민국 정부가 보증하는 협조 공문서와 대한민국 낙농업 발전 계획입니다. 한번 살펴보시죠."

"협조 공문서와 계획서까지 준비했군요. 잠시 보겠습니다."

돋보기를 착용한 알버트 요한이 협조 공문서를 살핀 뒤에 계획서를 읽기 시작했다.

잠시 뒤 돋보기를 내려놓았다.

"제대로 된 흥미로운 계획서군요. 이대로 진행된다면 대한민국과 덴마크 양국에 아주 좋은 이야기가 될 것 같습니다."

"맞습니다. 제대로 보셨습니다."

"무슨 도움을 주면 되겠습니까?"

"대한민국에서 낙농 산업이 발전하기 위해서는 낙농 관련 기술 보급이 전제되어야 하고, 우유를 가공해 유통할 수 있는 인프라가 동시에 만들어져야 합니다. 충분한 자금이 뒷받침되어야 한다는 소리이지요."

"그렇지요. 훌륭한 계획을 뒷받침할 개발 자금이 충분히 준비되어 있습니까?"

"국내 자금은 충분합니다."

차준후가 조아 은행에서 발행한 잔고 증명서와 소유하고 있는 부동산 감정 평가서를 내밀었다.

조아 은행 용산 지점에서 잔고 증명서는 곧바로 발행했지만 차준후의 소유 부동산 감정 평가서를 만들기 위해서 며칠 동안 고생을 해야만 했다.

"음! 엄청난 액수로군요. 낙농 산업을 진행하기에 충분한 금액입니다."

알버트 요한이 환하게 웃었다.

"해외 사업을 하려면 정부 허가가 필요합니다. 알고 계시겠지만 허가를 받지 못하면 국내 자금을 한 푼도 사용하지 못하지요. 외화 반출이 아주 엄격해졌습니다."

해외에서 기계를 비롯한 모든 물건을 들여올 때 일일이 허락을 받아야 하는 시기이다.

아무리 사업성이 좋아도 허락이 없으면 사업 진행이 불가능하다.

"어렵다는 건 압니다. 그렇지만 사업성이 좋으니까 충분히 진행할 수 있을 겁니다. 대사관에서 낙농 사업 추천서를 작성해서 드리겠습니다. 정부 인사들에게 허락을 구할 때 도움이 될 겁니다."

"추천서보다 더 큰 도움이 필요합니다."

"어떤 도움을 드리면 되겠습니까?"

"EDCF, 대외 경제 협력 기금 차관 지원 프로그램, 가능하지요?"

차준후가 프로그램 차관을 꺼냈다.

외국에서 낙농 개발 자금을 확보하게 되면 애당초 정부 부처의 허락이 필요 없다.

외국 자본이었기에 정부 부처에서는 무조건 환영이었다.

"그건 어디서 들었죠?"

알버트 요한의 눈동자가 커졌다.

"기업이 원조를 희망하는 국가에 사업 아이디어를 제공하면 가능한 차관 지원 프로그램이잖습니까. 덴마크 정부 입장에서도 타당성이 충분히 있는 이야기입니다."

덴마크는 해외 사업을 추진하고 있는데, 개발 도상국이나 극빈국과 해외 사업을 추진하다 보면 때로는 직접 투자 또는 현지 국가의 재정을 통해서 사업을 진행하기도 한다.

특히 개발 도상국이나 극빈국의 특성상 국가 재정이 부족하여 이처럼 EDCF 차관 지원 프로그램으로 사업을 추진해야 하는 경우가 발생하게 된다.

* * *

"타당성이 있기는 한데……. 투자금은 얼마나 생각하고 있으십니까?"

알버트 요한이 말끝을 흐리다가 중요한 투자금 부분을 질문했다.

"경기도에 백만 평이 넘는 목장 땅이 준비되어 있습니다. 국내에서 할 수 있는 건 직접 해결하고, 다른 부분은 차관으로 해결할 생각이고요."

차준후가 당당하게 말했다.

차운성에게 물려받은 부동산 가운데 경기도의 땅이 엄청났는데, 그 가운데는 유휴지도 많았다.

목장으로 전환하기에 안성맞춤이다.

알버트 요한의 뜨거웠던 시선이 식어 갔다.

투자금을 가지고 와서 낙농업을 대대적으로 하려는 사업가라고 생각했다.

그런데 EDCF인 대외 경제 협력 기금 차관 지원 프로그램을 활용하겠다고?

목장 부지를 제외하면 제대로 된 투자금 없이 차관으로 사업하겠다는 소리 아닌가.

"아실지 모르겠지만 대외 경제 협력 기금 차관 지원 프로그램은 쉽게 진행되는 부분은 아닙니다."

EDCF는 일반적으로 개별 프로젝트에 대한 구속성 원조 방식으로 지원이 되는데, 해당 국가의 도로, 철도, 전력망, 상하수도 등 인프라 구축 사업에 대해 차관을 제공하고 이 프로젝트에 해당 국가 기업들이 제한 경쟁 입찰로 참여하는 방식이다.

한마디로 덴마크 정부가 돈을 지불하고, 자국 기업들에 일거리를 주는 거다.

세계가 함께 잘살자는 대외 경제 협력 기금 차관 지원 프로그램이지만 정작 안을 살펴보면 자국 기업이 잘나가게 보조하는 성격이 강했다.

"대한민국 낙농업을 발전시키기 위해서는 대외 경제 협력 기금 차관 지원 프로그램이 꼭 필요합니다. 덴마크가 어렵다면 미국이나 캐나다 혹은 뉴질랜드를 찾아가 봐야겠지요."

차준후의 태도는 여전히 당당했다.

덴마크가 안 돼?

그럼 미국, 캐나다, 뉴질랜드를 찾아가면 된다.

원 역사에서도 대한민국 낙농 사업은 낙농 차관에 의해 이뤄진다.

다른 나라를 찾아가도 낙농 차관을 받을 수 있다는 소리다.

매력적인 대한민국 낙농 사업이다.

골라 가며 선택할 수 있는 건 돈을 빌려주는 덴마크가 아니라 바로 차준후였다.

"그들 국가들은 덴마크보다 수준이 뒤떨어집니다."

이대로 차준후를 돌려보내기에는 마음이 불편한 알버트 요한이다. 방금 전까지 부정적인 생각이 강했는데, 미국을 비롯한 다른 국가들의 이름을 듣는 순간 심히 기분이 좋지 않았다.

"미국의 한미 재단을 통해 젖소를 도입하자는 이야기가 있는 건 아시나요?"

대한민국의 낙농업 시작은 학자들마다 의견이 갈린다.

미국에서 1961년 젖소를 도입한 걸 시작이라는 학자가 있고, 뉴질랜드에서 들여온 젖소가 기반을 조성했다고 말하기도 한다.

1961년 한미 재단을 통해 젖소를 들여왔는데, 차준후가 알아보니 그 조짐이 벌써 시작됐다. 물밑에서 움직이던 일의 결과가 1961년 결실을 맺은 것이다.

"그런 이야기는 어디서 들었소? 한국 정부가 낙농 정책을 시작하려고 한다는 이야기를 듣기는 했소만……."

"소식이 느리군요. 작금의 대한민국은 낙농업이라는 기반이 전무하다고 해도 과언이 아닙니다. 덴마크에서 도와준다고 하면 대한민국 낙농업 전반에 걸쳐 지대한 공헌을 할 수 있다는 이야기이지요. 2천만이 넘는 인구가 있는 대한민국입니다. 얼마나 큰 낙농업 사업이 되겠습니까?"

차준후가 말했다.

인구가 450만 명을 약간 상회하는 덴마크의 낙농업은 크게 발달해 있지만, 수출보다 내수 시장이 컸다.

내수 시장에만 의존해서는 덴마크 낙농업 미래가 밝다고 말할 수 없다.

"분명히 매력적이기는 한데, 미국이 정말로 낙농업을 지원하겠습니까?"

"미국은 비행기에 젖소를 태워서 보낼 정도로 적극적입니다. 이처럼 큰 사업을 미국에 고스란히 빼앗기실 겁니까?"

"음!"

알버트 요한이 침음을 흘렸다.

경제가 발전해야 한다는 조건이 붙겠지만 대한민국의 인구수를 감안할 때 낙농업의 발전할 가능성은 덴마크보다 훨씬 더 크다는 소리였다.

"차관을 제공한다고 해도 덴마크 입장에서 가져갈 게 많은 사업입니다."

"이익이 되는 사업이라고요?"

"물론입니다. 현재 우유가 없어서 못 먹고 있는 실정입니다. 생산만 되면 소비는 문제가 아니지요. 덴마크 차관으로 목장을 조성하여 물꼬를 트면 다른 사업자들도 달려들게 됩니다. 그들이 어디에서 젖소를 들여오고, 시설들을 찾겠습니까? 누구에게 기술을 배울까요?"

원래 처음이 어렵다.

하지만 어려움을 뚫고 시장을 선도하게 되면 후발 주자들을 선두 주자들을 벤치마킹해서 뒤쫓는다. 다른 곳으로 빠지는 자들이 소수 있을 수는 있어도 덴마크 낙농업을 본 후발 주자들이 대부분 고스란히 답습하게 된다.

"충분히 일리 있는 말입니다. 차관으로 시작해서 한국 낙농 업계를 주도하라는 이야기군요."

알버트 요한이 다시 관심을 드러냈다.

곰곰이 생각해 보니, 결코 나쁜 제안이 아니었다.

사실 덴마크 낙농업이 강하다고 하지만 치열한 경쟁 탓에 휘청거리는 부분도 있었다. 뉴질랜드, 핀란드, 노르웨이 등의 나라들도 낙농업에 있어서 아주 강국이었다.

"차관을 통해 사업을 키워 나가는 건 자연스러운 수순이지요."

차준후가 알버트 요한을 빤히 바라보며 가볍게 웃었다.

이것도 몰랐냐?

마치 물어보는 듯한 표정이다.

알버트 요한이 흐트러졌던 자세를 바로 했다.

"뉴질랜드를 비롯한 다른 대사관은 가지 마시지요. 제가 알아보겠습니다."

차준후의 제안을 다른 낙농업 강국들이 알게 되면 군침을 흘리고 달려들 요지가 다분했다.

"우선권은 드리겠습니다. 하지만 시일이 지나면 장담할 수 없습니다."

"차관이 실제로 제공되기까지 복잡한 절차가 필요하지만 조속한 시일 내에 연락드리죠."

"대규모가 아닌 소규모 차관의 경우 소액 차관 제도를 활용하면 지원 절차를 간소화할 수 있지 않습니까?"

"그런 제도가 있습니까?"

금시초문인 알버트 요한이다.

"저보다 소식이 느리시군요. 소액 차관 제도는 덴마크 정부에서 자국 기업들의 EDCF 지원 사업 참여를 확대하기 위해 얼마 전에 도입한 정책입니다."

차관 규모가 50만 달러 이하인 소액 차관 사업은 사업 참여자를 덴마크의 중소기업으로 제한하고 사업의 원활한 진행을 위해 사업 신청, 심사, 구매 등 제반 절차를 대폭 간소화하여 시행하는 정책이다.

50만 달러는 국가 단위에서나 소액이다.

1달러에 650환인 시기다.

낙농 산업 〈223〉

50만 달러면 한화 3억 2천 5백 환으로 엄청난 금액이다.

"많이 알아보고 방문하셨군요."

알버트 요한이 민망해했다.

주한 대사관 대사로 근무하면서 고국의 새로운 정책에 대해서 몰랐으니 입이 열 개라도 할 말이 없었다. 최빈국에 머무르고 있다는 생각에 근무를 성실히 하지 않은 측면도 있었다.

돈을 빌리러 온 차준후가 당당하게 가르치고 있었고, 차관을 알아봐야 할 알버트 요한이 민망해하며 굽실거렸다.

"덴마크 낙농 업계의 이익이 확실한 사업입니다."

차준후가 이번 차관의 핵심을 강조했다.

이익이 확실하다는 걸 보여 주면 돈을 빌리는 건 어렵지 않았다.

자국 낙농업을 활성화시킬 수 있다면 덴마크 정부 입장에서 적극적으로 달려들 것이다. 해외 차관으로 돈을 받는 수혜 기업들은 덴마크 기업들이었다.

'나도 이익을 챙기고.'

실질적인 이익을 챙기는 건 바로 차준후였다.

그래서 이처럼 덴마크 대사관까지 찾아와서 공을 들이고 있었다.

"귀한 손님이 오셨는데, 아무런 대접이 없었네요. 덴마크 요거트라고 들어 보셨나요?"

"유산균을 이용하여 우유를 발효시킨 식품이군요. 규범 표기로 요구르트라고 하지요."

지금은 아니지만 미래에 마트에 가면 널린 게 요거트들이었다. 요플레 뚜껑에 붙은 요거트를 대기업 회장도 혀로 핥아서 먹는다고 했다.

"잘 아시는군요. 유럽에서 인정받는 우수한 덴마크 낙농업 제품을 대접해 드리겠습니다."

유선 전화기를 눌러 비서를 찾았다.

- 대사님, 말씀하세요.

"손님을 응대할 덴마크 우유와 요거트, 치즈 등과 함께 다과를 가져다주세요."

- 곧 가져다드릴게요.

똑똑똑!

노크 소리가 울렸다.

들어갈 데 들어가고 나올 데 화끈하게 나온 서양 미녀가 쟁반 위에 덴마크 우유 등을 가지고 안으로 들어와서 놓고 나갔다.

"드셔 보세요. 영양이 풍부한 덴마크 요거트는 고소하면서 쫀쫀합니다."

사실 쫀쫀하기보다 꾸덕꾸덕한 맛이다.

낙농 산업 〈225〉

"건강한 맛이군요."

설탕이 들어가지 않은, 몸에 좋은 요거트였다.

"설탕을 넣으면 맛이 좋아집니다."

알버트 요한이 탁자 위에 있는 하얀 설탕 통을 밀어 줬다.

당연히 그렇겠지.

설탕을 듬뿍 집어넣은 달콤한 요거트는 미래에서 먹던 방그레 요플레의 맛이었다.

"좋네요."

예전에 먹던 요플레의 맛이 차준후를 잠시 미래로 보내 줬다.

아련한 표정이 떠올랐다가 사라졌다.

"요거트나 치즈를 판매하는 건 어떻겠습니까?"

단순한 우유가 아닌 가공을 통한 요플레와 치즈는 가격이 상승한다. 당연히 덴마크가 가져갈 수 있는 파이도 커지게 된다.

"글쎄요, 저라면 2차 가공품을 차후에 내놓을 겁니다."

"요거트와 치즈는 맛있고 몸에도 좋습니다."

반대하는 대답을 전혀 예상하지 못했는지 조금 당황하며 말한다.

"알고 있습니다. 그러나 아직 경제가 활성화되지 못했기에 2차 가공품은 시기상조입니다. 우유만 해도 돈을 주고 사 먹을 수 있는 사람이 많지 않아요. 우유부터 시작하여 단계적으로 하나씩 진행해야 합니다."

현재 대한민국의 경제 현황은 비참했다.

상품이 좋다고 해도 저렴하지 않으면 구매할 수 있는 소비층이 많지 않았다.

1차 상품인 우유와 2차 가공품인 치즈, 그리고 요거트는 전혀 다른 영역의 상품이었다.

"아쉽군요."

"안 된다고는 하지 않았습니다. 아직 빠르다고만 했을 뿐이지요."

"……네?"

"대한민국은 경제적으로 빠르게 성장할 겁니다. 풍요로워지면 요거트와 치즈 등을 대량으로 소비하는 구매층이 생겨나게 됩니다."

"앞으로의 경제를 긍정적으로 예측하고 있군요."

실제로 차관이 진행된다면 대한민국 경제에 분명히 긍정적인 효과를 줄 수 있다.

가뭄의 단비 역할을 할 게 분명하기는 하지만 분명히 한계가 존재한다. 찢어지게 가난한 대한민국 현실을 개선시키기에는 역부족이기 때문이다.

"독일이 라인강의 기적을 일궈 낸 것처럼 대한민국은 한강의 기적을 일궈 낼 겁니다."

차준후가 단호하게 주장했다.

한강의 기적은 기정사실이다.

그 기적적인 성장에 한 손 살짝 거들 뿐이었다.

확신을 가지고 답하는 차준후를 보는 알버트 요한의 표정이 복잡했다.

사기꾼인가?

사기꾼으로 봐도 전혀 이상하지 않은데 묘하게도 신뢰가 가기도 했다.

"한강의 기적이라! 듣기 좋은 말이군요. 정말 그렇게 됐으면 좋겠습니다."

"라인강을 뛰어넘는 한강의 기적을 보시게 될 겁니다. 그리고 제가 있기에 그 시기가 더욱 빨리 올 거고요."

예정된 미래가 펼쳐지는 시간은 그의 편이었다.

"그…… 그날이 기다려집니다."

황당한 표정의 알버트 요한의 시선이 다시 약간 식어 버렸다.

호언장담도 정도가 있는 법이다.

신화 백화점

먹고살기도 힘든 게 대한민국 현실인데, 전후 눈부신 성장을 일궈 낸 독일과의 비견은 얼토당토않은 일이었다.
쯧쯧쯧!
확정된 사실이라니까.
왜 사람을 믿지 못하는 거니. 미래에서 보고 왔다고.
하긴, 대한민국의 성장에는 내적인 발전 원인이 있었지만, 외적인 도움도 컸다.
베트남 전쟁, 3저 현상, 세계적 경기 활황 등. 우호적인 외부의 환경 요인이 없었다면 대한민국의 발전은 한동안 정체됐을 수도 있었다.
'외교관이 될 만큼 잘 배웠기에 대한민국의 눈부신 발전이 더 믿기 힘들겠지.'

차준후도 이해했다.

국가의 안위를 지키지 못하고 연합군의 힘을 빌려 간신히 사수한 대한민국이다. 국군이 피 흘리며 싸웠지만 온전히 제힘으로 지켰다고 말할 수 없었다.

외국의 힘을 빌리지 않으면 제 나라 하나 지키지 못하는 비참한 국가, 대한민국!

성장할 수 있는 역량이 대한민국에 있는가?

안타깝게도 대한민국에는 그럴 역량이 부족한 게 사실이었다.

밑바닥을 박박 기는 최빈국 수준에서 선진국 수준으로 올라선 눈부신 대한민국의 성장은 세계적으로도 유례를 찾아보기 힘들 정도로 보기 드문 일이었다.

"우유는 종이 팩이 아닌 유리병에 담아 먹어야 제맛이지요."

종이 팩에 담겨 있는 덴마크 우유를 바라보았다.

종이 팩에 넣어서 먹을 수도 있지만 유리병에 담긴 우유를 차준후는 개인적으로 선호했다.

"우유 먹을 줄 아는군요. 저도 그렇습니다."

옛날 사람인 알버트 요한도 유리병에 담긴 우유를 좋아한다.

최근에는 휴대성과 보관성이 좋은 종이 팩에 담긴 우유가 대세였다.

"그래서 말인데, 낙농업 제조 시설을 설치할 때 괜찮은 유리병 공장도 같이 알아봐 주세요."

"유리병 공장까지요?"

"우유 포장 공장까지 패키지로 해야지요."

차준후가 이번에 아예 유리병 공장까지 설치할 심산이었다.

일석이조.

단순히 우유 용기와 포장 시설이 아니라 화장품 용기까지 만들 수 있는 공장이다.

유리 공장을 직접 설치할 수 있는 능력이 부족하니 덴마크의 수준 높은 기술력을 끌어오려고 한다.

화장품 사업을 키우기 위해서 반드시 필요한 유리 공장이다.

"사업이 커지면 나쁘지 않지요."

알버트 요한이 제안을 반겼다.

덴마크 기업이 돈을 벌 수 있다는 소리였기에.

"이만 돌아가 보겠습니다."

얻을 수 있는 걸 다 부탁하고 돌아가려는 차준후가 일어나며 악수를 청했다.

"좋은 만남이었습니다. 조만간 좋은 소식을 전해 드리겠습니다."

"오래 기다리지 않겠습니다. 다음에 뵐 수 있으면 좋겠군요."

악수를 하며 차준후가 말했다.

웃으며 말하는 모습이 참 묘했는데, 마치 삥을 뜯어 가는 악당 같았다.

알버트 요한의 악수하는 손아귀에는 처음 만났을 때보다 힘이 없었다.

"마지막으로 부탁이 있습니다."

"무엇입니까?"

"무이자로 부탁합니다."

"……알아보죠."

마지막까지 알토란처럼 빼먹으려는 차준후다.

저이자라고 해도 거금이었기에 결코 무시할 금액이 아니다.

이자를 감당하지 못하고 무너질 수도 있다.

그래서 저개발 국가에 차관을 지원할 때 무이자로 혜택을 주는 경우가 상당하다.

받는 처지이지만 그런 혜택을 당당하게 요구했다.

그를 바라보는 알버트 요한이 잔뜩 질린 표정이었다.

* * *

신화 백화점.

1층의 신규 매장 스카이 포레스트 립글로스가 문을 열었다.

 20평 남짓한 공간은 화장품 매장이 아니라 아늑한 카페처럼 보였다.

 "와! 여기 너무 좋다."

 "단순히 물건을 파는 매장이 아니야. 진한 감동을 주고 있어."

 "귀빈처럼 대접받는 느낌이야. 입술에 바르는 게 어색하다고 하니까 백화점 직원들이 친절하게 화장까지 해주잖아."

 테이블에 앉아 있는 여인들이 저마다 감탄을 터트렸다.

 "집 거실을 이렇게 꾸미고 싶어."

 "나도."

 "화장대와 꽃병을 몇 개 구매해서 가야겠어."

 "간결하면서도 화려해서 보기 편해."

 "이렇게 꾸미는 것도 괜찮아 보이네. 고급스러워."

 테이블 위에는 아름다운 색색의 생화들이 들어 있는 꽃병과 화장대, 거울 등이 배치되어 있었다. 마호가니 원목으로 제작된 원목 테이블과 의자 등이 매장을 한층 더 빛나게 만들었다.

 "좋아, 잘되고 있어."

매장과 손님들을 지켜보고 있던 서은영이 주먹을 불끈 쥐었다.

서은영이 스카이 포레스트 사장실의 미니멀 인테리어를 보고 느낀 감정을 토대로 1960년대에 맞게 아름답고 화려한 가구와 물건들을 배치하여서 만들어 낸 립글로스 매장이었다.

신화 백화점에서 전폭적인 지원을 나서며 서은영에게 힘을 실어 줬다. 그렇기에 빠른 시간 내에 립글로스 매장이 개관할 수 있었다.

"부장님이 매우 감각적으로 매장을 꾸미셨어요. 카페 분위기의 화장품 매장을 운영한다고 말씀하셨을 때는 과연 될까 했거든요? 막상 꾸며 놓고 보니 절로 존경심이 생기네요."

수행하는 여직원 박순심이 호들갑을 떨었다.

평일 오전인데도 불구하고 테이블마다 립글로스 오아시스 구매고객들이 꽉꽉 들어차 있었다.

화장을 해 주고 있는 여직원들이 바쁘게 돌아다니고 있었고, 구매 손님들을 상대하는 여직원들도 쉬지 못하고 움직였다.

"고급스럽고 화려한 걸 싫어할 여자들은 없죠."

서은영이 손님들로 붐비는 매장을 둘러보며 콧대를 잔뜩 치켜세웠다.

"립글로스 오아시스 색상이 너무 예쁜 거예요. 보자마자 빠져들어서 저도 몇 개 구매하고 말았어요."

"내가 봐도 스카이 포레스트에서 신경을 써 줬더라고."

오아시스가 화장품 매대를 장식하고 있었다.

새하얀 광택을 뿌리고 있는 펜슬형 용기의 뚜껑을 제거한 체험용 립글로스들이 알록달록한 색상을 뽐냈다.

그 모습이 마치 수많은 꽃들이 피어난 듯 보였다.

서은영이 진두지휘하며 예쁘고 아름답게 보일 수 있도록 신경 써서 배치했다.

"대성공이에요. 립글로스 구매 손님이 끊이지 않고 계속 밀려오고 있어요."

오아시스의 인기 효과를 톡톡히 보고 있다.

시중에서 오아시스의 매진이 계속 이어지고 있는 와중에 백화점에 구매 손님이 잔뜩 몰렸다.

신화 백화점 종사자들이 서은영의 활약을 칭찬하고 나섰다.

"우리나라 여성들은 외모에 관심이 많죠. 남을 볼 때 외모를 많이 보지만, 스스로 외모 관리하는 데도 많은 시간과 돈을 쓰는 편이잖아요. 잘될 수밖에 없어요."

여자들은 먹는 비용을 아껴서라도 아름답게 보이기 위해 화장을 한다.

굶어도 예뻐 보이고 싶은 게 바로 여성이다.

립글로스 오아시스는 그런 욕구를 자극하는 입술 보호제였다.

일상에서 아름다울 수 있으니 여성 고객들이 몰려오는 건 당연했다.

"아까 전에 창천 백화점과 대현 백화점 직원들이 탐색을 위해 다녀갔어요."

신화 백화점에서는 오아시스의 판매 소문을 진작부터 대대적으로 냈다.

손님들을 끌어모으기 위해 일간 신문에 문화와 예술을 함께 즐길 수 있는 립글로스 오아시스 매장이라며 광고까지 내보냈다.

"이번에 배가 좀 아플 거야."

서은영이 웃었다.

매번 당하기만 하고 있었는데 이번에 한 번 제대로 설욕했다.

"제가 듣기로 두 백화점의 경영진들이 크게 성을 냈다고 하더라고요. 신화 백화점이 납품을 받았는데 업계에서 잘나가는 자신들에게는 물건이 없다고요."

"흥! 항상 잘나갈 줄 알고 있네. 이번처럼 안 될 때도 있는 거야."

"이번을 기회로 매출이 많이 일어나야 할 텐데요."

"고객들이 립글로스만 사고 돌아가지 않을 거야. 백화

점에 방문하였다가 다른 상품들도 사서 돌아가게 만들어야지."

립글로스의 가격은 저렴했다.

14환.

열 개를 팔아도 140환에 불과해서 백화점 매출에는 크게 도움이 되지 않았다.

그럼에도 적극적으로 밀어붙이는 이유는 미끼 상품이기도 했고, 자연을 품은 립글로스와 립밤을 판매하며 고품격의 백화점 이미지를 만들겠다는 원대한 구상이었다.

"제가 알아보았는데 다른 매장들의 매출도 올라갔다고 하네요. 립글로스 오아시스가 백화점에 활력을 불어넣고 있는 거죠."

"백화점을 찾는 손님들이 늘어나면 매장의 매출이 오르는 건 자연스러운 일이지. 보다 많은 사람들을 백화점으로 이끌어야 해."

"지금처럼 좋은 방법이 있으세요?"

"아버지에게 말해서 지하 1층에서 매출이 떨어지는 음식점들을 내보내야겠어. 유명한 음식점들의 분점들을 거액을 들여서라도 대거 유치하고, 근사한 예술 작품을 관람할 수 있는 공간도 마련해서 백화점을 종합적인 예술 문화 공간으로 만들면 다른 백화점들과 차별화를 꾀할 수 있다고 봐."

서은영이 3위에 머물고 있는 신화 백화점 순위를 위로 끌어올리기 위해 고민하고 있었다.

 단순히 상품을 파는 것이 아니라 백화점 방문 고객들에게 높은 수준의 예술과 문화를 보여 주는 방침이 좋다고 여겼다.

 그러면 자연스럽게 매출이 늘어나게 된다.

 "말만 들어도 신화 백화점이 앞으로 잘나갈 것 같아요. 어떻게 이런 탁월한 생각을 하신 거예요?"

 "이번에 스카이 포레스트에 가 보니까 알겠더라고."

 서은영이 차준후를 만나면서 예술과 문화, 그리고 명품에 대해서 눈을 뜨게 됐다.

 신화 백화점이 나아갈 길에 대해서 느꼈다.

 "다음에 스카이 포레스트 가실 때 저도 동행할래요. 혼자 가시고, 정말 너무하셨어요."

 박순심은 개인적으로 스카이 포레스트가 무척 궁금했다.

 골든 이글에 이어 립글로스와 립밤까지 연달아 혁신적인 제품을 내놓고 있는 스카이 포레스트는 업계의 관심을 지대하게 받고 있었다.

 "아유, 꼭 데려간다고 했잖아."

 그녀가 차준후와 개인적인 이야기를 해야 했기에 수행 여직원을 떼 놓고 갔었다.

"정말이죠? 약속이에요."

"알았어."

"능력 있는 스카이 포레스트 사장님이 잘생겼다는 말을 듣고 얼마나 보고 싶었다고요. 능력 좋고 잘생기기까지 했으니 보게 되면 반할 것 같아요."

"응?"

"직접 보셨을 때 어떠셨어요?"

"음! 그냥 그랬어."

서은영의 얼굴이 붉어졌다.

괜히 저번의 부끄러웠던 일이 떠올랐기 때문이다.

'다음에도 데리고 가지 말아야겠다.'

스카이 포레스트 방문 때 입이 방정인 수행 여직원을 멀리할 생각이었다.

"멋지게 꾸몄네."

"어! 왔어?"

서은영이 차준후를 반겼다.

"이 사람과 할 이야기가 있으니까, 순심 씨는 가서 매장 일을 도와요. 일손이 부족해 보이잖아요. 손님이 더 몰리면 직원들을 더 동원하세요."

"네."

갑작스러운 서은영의 지시에 박순심이 차준후를 힐끔거리며 물러났다.

'누구지?'

신화 백화점의 딸이 직접 챙겨야 하는 잘생긴 남자라?

무척 궁금했다.

그러나 그녀는 궁금증을 해결하지 못하고 매장을 찾은 손님에게 립글로스 오아시스를 설명해야만 했다.

"문화와 예술을 버무려서 차별화된 분위기를 잘 조성했어."

개관 행사에 초대받은 차준후가 매장을 살펴보고 말했다.

꽃병, 테이블, 의자, 매대 등 매장의 사소한 부분들까지 하나하나 꼼꼼하게 준비한 모습이 역력하다. 미니멀한 인테리어에 화려함을 더해서 보는 사람들의 눈을 즐겁게 만들어 준다.

* * *

"내가 직접 꾸며 봤어."

"젊은 감각을 신선하게 잘 표현했구나. 많은 사람이 찾아와서 보고 즐길 수 있을 것 같아."

"정말?"

"백화점 방문 고객들이 긍정적 반응을 보이고 있던데. 창천 백화점에서도 볼 수 없는 예술적이면서 편한 매장이라고 하더라고."

"극찬이네."

"백화점에 방문한 고객들의 마음을 얻으면 매출에 도움이 될 거야. 바쁜 사람들을 위해 단순히 물건을 파는 게 아니라 예술을 안겨 주는 거지. 난 백화점을 문화 예술의 공간이라고 봐."

귀빈들이 백화점에서 거액을 쓰는 건 단순한 물건 구매를 위해서가 아니라 문화 예술에 대한 지출이었다. 백화점은 고객들에게 비싼 가격에 뒤지지 않을 높은 수준의 감동을 안겨 줘야 한다.

"그렇지. 내 생각도 마찬가지야. 앞으로 백화점에 문화를 입히고 예술 작품들을 전시해 보려고 해."

앞으로 나아갈 방향을 탁월하게 정했네.

백화점은 물건이 아닌 가치와 문화를 판매하는 복합 문화 공간이니까.

단순한 판매의 장소를 뛰어넘어 서로 소통하며 고객들이 만족하는 공간으로 태어나야 한다.

그런 모습을 서은영이 립글로스 오아시스의 매장으로 보여 주고 있었다.

"그런 생각이라면 백화점 고객들을 대상으로 문화 강좌를 열어 봐."

뚜렷한 가치관을 가지고 이제 막 시작하는 사람에게 적절한 조언이 생각났다.

"문화 강좌?"

"예술과 연계한 문화 행사를 하라는 말이야. 제작 비용을 지원하고, 백화점 공간에 전시 기회를 주면 예술가들이 좋아할 테지. 신예 작가와 조각가, 문화가 등을 초빙하여서 강좌를 개설하면 호응하는 사람들이 있을 거라고 봐."

백화점의 문화 행사와 문화 강좌는 고객들의 충성심을 이끌어 낼 수 있는 좋은 사업이다. 실제로 미래에서 백화점의 문화에 관련된 사업은 큰 효과를 발휘한다.

처음부터 미리 선점하게 되면 신화 백화점에 큰 힘이 될 게 확실하다.

"백화점에 활력을 불어넣을 수 있겠는데?"

서은영이 격렬하게 반응했다.

신화 백화점을 보다 높은 위치에 끌어 올릴 수 있는 절호의 제안이라는 걸 느꼈다.

"문화 강좌와 예술 행사를 펼치면서 백화점을 강력하게 연계시킬 수 있겠어."

머릿속에 영감이 마구 솟구쳤다.

예술적으로 아름답고 문화적으로 뛰어난 백화점이라면?

자연스럽게 고객들이 머물고 싶은 백화점이 된다.

"신화 백화점이 나아가야 할 방향을 알려 줘서 고마워."

그녀와 생각이 유사했지만 접근 방법이 달랐다.

백화점에 단순히 예술품들을 비치하여 예술적인 부분을 부각시킬 생각의 그녀였다.

그에 반해 차준후는 고객들이 직접 보고, 듣고, 체감할 수 있는 문화 강좌를 제시했다.

당연히 차준후의 문화 강좌의 파급력이 더 컸다.

"그냥 단순한 조언일 뿐이지. 보니까 내가 말하지 않았어도 알아서 잘했을 거야."

"아니야, 듣는 순간 머릿속이 확 밝아지는 느낌이었어."

"성인들을 위한 강좌뿐만 아니라 어린아이들을 위한 강좌, 그리고 아이와 엄마가 함께할 수 있는 강좌들로 세분화시켜 봐. 그럼 효과가 더 좋을 테니까."

아이들을 위한 상품들은 백화점에서 단연코 효자 품목이다.

어른들이 자신을 위해서는 돈을 아껴도 아이들을 위해서는 지갑을 과감히 연다.

아이들에 대한 높은 수준의 문화 접근이 거의 전무한 시기이다.

이런 시기에 백화점에서 고급스런 문화 강좌를 개설한다면?

부모들의 반응이 폭발적일 수밖에 없다.

"와아! 어떻게 그런 생각을 할 수가 있는 거야? 듣기만 했는데도 소름이 끼친다."

지독한 전율감에 서은영이 몸을 부르르 떨었다.

"된다! 이건 무조건 성공이야."

잔뜩 고무된 그녀가 넋이 나간 것처럼 중얼거렸다.

문화 강좌로 우뚝 솟은 신화 백화점의 모습이 뇌리에 그려졌다.

"생각하다 보면 자연스럽게 떠올릴 수 있어."

차준후가 담담하게 이야기했다.

지금 시대에는 없지만 미래에는 백화점마다 문화 아카데미, 문화 강좌, 문화 살롱 등 명칭만 다를 뿐 저마다의 문화 수업을 개최한다.

백화점의 나아갈 방향은 문화와 예술이 동반된 길이었다.

"아니야, 평범한 사람이 이런 생각을 끄집어내기란 불가능해. 생각이 열린 뛰어난 사람만 할 수 있는 거야."

서은영이 차준후를 빤히 바라보았다.

예전에 보여 주던 모습과 달리 비범한 면이 돋보였다.

"알았어, 칭찬으로 들을게."

"당연하지. 아주 특급으로 하는 칭찬이야."

서은영이 완전히 대단한 능력자로 차준후를 대했다.

특급 칭찬?

어디 드라마에서 많이 듣던 표현인데.

음!

사람 생각이 비슷한 거지.

"다음에 오면 달라진 백화점 모습을 보여 줄게."

"기대하지."

차준후가 진심을 담아 말했다.

화장품은 백화점과 떼려야 뗄 수 없는 긴밀한 관계를 유지한다. 백화점 1층 매장의 상당한 지분을 화장품이 차지하고 있다.

'백화점 매장에서 스카이 포레스트의 화장품들이 전 세계의 화장품들과 치열하게 경쟁을 벌일 테니까.'

화장품 업계는 백화점 1층에서 치열한 다툼을 벌인다.

차준후는 발전한 문화 복합 공간 백화점에서 자신이 만든 화장품들이 아름답게 서 있는 모습을 보고 싶었다.

명품은 스스로 서 있을 자리를 알아서 선택한다.

백화점 업계의 선택을 기다리지 않고, 오히려 거꾸로 골라 가며 간택한다.

'수준 낮은 백화점에는 납품을 하지 않는다.'

현재 신화 백화점은 차준후의 눈 밖에 나 있었다.

1960년의 시대를 감안하고 살펴봐도 신화 백화점의 분위기는 전체적으로 딱딱하고 고루했다. 화려함을 선보여야 하는 백화점과는 어울리지 않았다.

백화점 경쟁에서 밀리는 이유 가운데 하나이다.

'많이 개선해야겠어.'

차준후의 눈에 신화 백화점의 개선점들이 무수하게 보였다.

지금 수준에 머물러 있거나 발전된 모습이 부족하다면 다음에 나올 화장품의 납품은 더 이상 없었다.

"가자, 내가 정말 맛있는 식사가 무엇인지 대접할 테니까."

서은영이 차준후에게 약속했던 식사를 제공하겠다고 이야기했다.

"식사는 맛있기를 바랄게."

의미심장한 말을 내뱉은 차준후가 서은영과 함께 지하 1층으로 향했다.

* * *

비가 추적추적 내리는 날이다.

사장실에서 차준후가 신문들을 확인한다.

하루 사이에 일어난 일들이 활자로 빼곡하게 기록되어 있다.

오늘도 정치권의 무겁고 혼란스러운 소식들이 신문을 장식하고 있다. 근래 매번 마주치는 내용들이 차준후의 마음을 흔들어 댔다.

'정치에는 관여하지 않지만 외면할 수는 없지. 내가 살아가는 나라이니까.'

차준후가 신문을 읽으며 현실을 건조하게 바라보려 노력했다.

이방인이라고 할까?

지나치게 감정 이입을 하게 될 때도 있지만 의식적으로 무시해 나갔다.

역사적 사실을 두고 관찰하고 판단을 내리는 게 아니라 그저 있는 그대로 받아들였다.

"말씀하신 미생물에 관련된 대학교 졸업 논문들, 교수들의 발표 논문, 관련 학술지들이에요. 최대한 구하려고 노력했는데, 졸업 논문과 발표 논문들을 외부로 유출할 수 없다는 대학교가 많았어요."

종운지가 수십 개의 논문들과 학술지들을 차준후의 책상 위에 올려놓았다.

차준후의 지시로 종운지가 근래 서울 소재의 대학교들을 분주하게 돌아다녀야만 했다. 그리고 지방의 대학교들에는 전화를 돌려서 논문을 보내 줄 수 있는지 문의했다.

"구하기 쉽지 않았을 텐데 고생했네요. 외부 유출을 금하고 있는 대학교들에는 더 이상 신경 쓰지 마세요."

외부 유출을 하지 않겠다고?

하지 말라고 해.

그럼 좋은 기회를 놓치는 거지.

안타까워해야 할 쪽은 내가 아니라 그들이다.

"아직 다 도착하지 않았어요. 지방 대학교에서 우편으로 보내 준다는 논문들이 남아 있어요."

"도착하면 보여 주세요."

"네."

차준후가 졸업 논문과 학술지 등을 살펴보기 시작했다.

'모든 걸 내가 해결할 수는 없지.'

손발이 되어 줄 적합한 전문가를 찾아야 했다.

지금까지의 스카이 포레스트 생산품들은 단순하게 만들 수 있는 제품이다.

가마솥만 있어도 만들 수 있을 정도였으니까.

그러나 이제부터 만들려고 하는 고급스런 화장품들은 시설 장비와 인력이 필요했다.

"사장님, 논문과 학술지는 왜 보시려고 하는 건지 물어도 될까요?"

종운지가 물었다.

화장품 회사에 미생물?

열심히 구했지만 왜 회사에 필요한지 몰랐다.

논물과 학술지를 살펴봐도 알 수 없는 내용들로만 이뤄졌다.

"화장품을 개발하기 위해서는 높은 수준의 연구가 필요해요. 미생물 연구를 비롯한 생명 과학 분야와 화학적인 분야까지 다방면에서 전문적으로 공부해야 합니다. 회사에 연구소를 만들고, 전문 연구원들을 확충할 생각입니다."

"아! 화장품 개발이 단순하지 않네요."

"피부에 바르는 거잖아요. 여러모로 고려해야 할 내용들이 많죠. 부작용이라도 일어나면 난리가 벌어집니다."

"네, 이제야 알겠네요."

납득한 종운지가 자신의 자리로 돌아갔다.

책상 위에 놓인 논문과 학술지의 양은 많지 않았다.

그도 그럴 것이 1960년대에 미생물을 연구하는 학생이나 학자들의 수가 적었기 때문이다.

'음! 구하지 못하겠으면 창업주 자서전에 등장한 연구 인력들을 찾아가야겠구나.'

차준후가 논문들을 살피며 생각했다.

오대양 창업주는 화장품 연구를 위해 당시로서는 국내에 몇 없던 화장품 연구소를 설립하고, 미생물학자를 비롯한 우수한 연구 인력을 끌어모았다.

연구 인력 가운데 몇몇 사람이 자서전에 등장했다.

그러나 오대양의 연구소 설립은 아직 3, 4년 정도 미래의 일이었다.

"다당류를 가수 분해하는 효소 아밀라제 연구라고? 흥미로운 주제잖아."

차준후의 눈길이 연구 논문 한 편에 멎었다.

효소는 간단히 말하면 생체 촉매이다.

촉매는 물질의 화학 반응에 개재하여 반응 속도를 조절하는 힘을 지니고 있다.

효소의 힘을 이용하면 세포 부활 효과, 항염 효과, 항균 효과, 해독 효과, 살균 효과, 혈액 정화 효과, 소화 효과, 분해 효과, 배출 효과 등 다방면에서 유용하게 이용이 가능하다.

차준후가 미래에서 주로 연구하던 분야가 바로 기능성 화장품이었다.

기능성 화장품에 있어 효소는 대단히 중요하다.

"말토스와 글루코스까지 분해하고, 기질의 말단인 엑소아밀라제까지 확인했다면 실력이 나쁘지 않다는 이야기지."

아밀라제 측정법과 요디아스타제 정량 검사까지 거론하는 걸로 볼 때 탄탄한 실력을 가진 미생물 학도라는 걸 알 수 있었다.

"집필자가 누구지?"

차준후가 논문의 표지를 살폈다.

표지에 집필 저자와 대학교 이름이 적혀 있었다.

"서울 농대의 모준민이라."

마침내 구하고 있던 인재를 찾았다.

열심히 구하다 보면 결국 보이는 게 세상 이치였다.

끝내 찾지 못하는 건 노력과 조건이 맞지 않았을 뿐이다.

차준후가 바로 전화 교환원을 통해 서울 농대에 전화를 걸었다.

"스카이 포레스트의 차준후 사장입니다. 졸업 논문 집필자 모준민 씨를 찾고 있습니다."

- 잠시만 기다려 주세요.

시간이 흘렀다.

잠시 뒤에 전화기에서 밝은 사내의 음성이 흘러나왔다.

모준민

- 모준민입니다. 저를 찾으셨다고요.
"스카이 포레스트의 차준후입니다. 졸업 논문을 보고 흥미가 생겨서 전화를 했습니다.
- 아! 의외네요. 화장품 회사에서도 효소에 관심이 있으신가 보군요.
"피부에 직접 바르는 화장품 회사야말로 효소에 많은 관심을 가져야 합니다. 아실 텐데요?"
- 생체 반응과 화학 반응이 일어나니 그래야 한다고 생각하는데, 국내 화장품 업계에서는 그런 관심이 부족하지 않나요?
모준민이 화장품 업계에 대한 회의적인 시각을 드러냈다.

"그건 너무 편향적인 시각이겠죠. 일부의 잘못을 토대로 업계 전체를 싸잡아 비난해서는 곤란합니다. 적어도 스카이 포레스트는 아니니까요."

- 제가 실례를 범했군요. 스카이 포레스트는 많은 연구를 하고 있을 테니까요. 이번에 내놓은 신제품 오아시스를 보고서 놀라기도 했습니다. 혁신적인 오아시스가 나오기까지 얼마나 많은 연구를 했을지 상상이 갑니다.

모준민이 이제껏 보지 못했던 입술 화장품 립글로스 오아시스를 보면서 감탄했다.

같은 대학교를 다니는 애인의 입술이 반짝거리던 모습에 커다란 충격을 받았다.

'국내 친환경 재료를 사용하다 보니 자연스럽게 나온 제품인데……'

그저 친환경 재료를 모아서 뚝딱 만들어 냈다.

미래에 마구 범람하는 화장품들 가운데 하나를 1960년대에 등장시킨 것이다.

화장품 연구를 하던 차준후에게는 아주 쉬운 일이었다.

그리고 앞으로도 어렵지 않았다.

머릿속에는 혁신적인 화장품들이 잔뜩 넘쳐 났다.

"할 이야기가 있습니다. 만나서 이야기하고 싶군요."

- 대학교로 오시죠. 기다리겠습니다.

"잠시 후에 뵙죠."

- 네.

차준후가 전화기를 내려놓았다.

"졸업 논문 저자를 만나고 올게요."

"다녀오세요."

시발택시를 타고 서울 농대로 향했다.

막히지 않고 시원하게 질주하는 택시였다.

택시가 서울 농대 정문을 지나쳐 미생물학과가 있는 생명 과학 계열 대학 건물 앞에 멈췄다.

비용을 지불한 차준후가 택시에서 내렸다.

"모준민 씨를 만나러 온 차준후입니다."

차준후가 명함을 건네며 스스로를 소개했다.

"아! 제가 모준민입니다. 오아시스를 개발한 유명한 분을 만나 뵙고 영광입니다."

미생물학과에 들어선 차준후에게 모준민이 함박웃음을 지으며 인사했다.

"졸업 논문이 재미있더군요."

"효소에 대해서 잘 아시나 봅니다?"

"잘 알지요. 그리고 다음에 만들려고 하는 화장품이 바로 효소와 관련되어 있고요."

"아! 다음에도 난리가 날 수도 있겠네요?"

"혁신적인 제품인 건 확실합니다. 난리는 날 수도 있고, 아닐 수도 있겠죠."

"어떤 제품을 만들려고 하는지 물어봐도 될까요?"

모준민이 호기심을 드러냈다.

미생물학과에 있는 조교와 학생들이 그들의 대화에 관심을 기울이고 있었다.

매번 혁신적인 화장품을 내놓는 스카이 포레스트의 차기 제품이 무엇인지 사람들이 많이 궁금해했다.

"여기서 이야기할 게 아니라 나가서 대화를 나눠 보죠."

차준후가 밖에서의 대화를 권했다.

스카이 포레스트의 차기 제품에 대한 이야기가 밖에 돌아다녀서 좋을 게 없었다.

아는 사람들이 적으면 적을수록 좋았다.

두 사람이 서울 농대 정문에서 멀지 않은 곳에 빵집으로 들어갔다. 이 시대에는 찾아보기 힘든 카페들보다 빵집에서 대화를 나누고는 했다.

"효소에 관심이 많으신가 보네요. 제 논문을 화장품 회사의 사람이 볼 줄은 생각도 못했습니다."

"효소의 효과가 크지 않습니까? 전 효소를 아주 중요하게 생각하고 있습니다."

"어떤 면이 크다고 생각하시는지 궁금합니다. 효소를 사용해서 혁신적인 화장품을 만들어 낼 수 있을까요?"

모준민이 관심을 드러냈다.

놀라운 화장품을 개발한 차준후가 주목하는 건 무엇일까?

차준후가 슬며시 웃었다.

질문을 통해 간을 보겠다는 거지?

우스웠다.

이 당시의 사람이 알지 못하는 걸 이야기해 볼까.

"단백질 분해 효소를 통해 각질 제거 효과를 볼 수 있고, 지방산 카프린산을 이용하면 깨끗한 피부를 유지할 수도 있지요. 아토피와 어린아이의 피부에 효과적인 유지방 효소, 주름 완화 당단백질 성분의 효소 등을 이용하면 기능성 화장품 개발도 가능합니다."

"……."

생각지도 못한 전문적인 지식에 모준민의 눈동자가 마구 흔들렸다.

서울 농대에 들어오는 해외 논문들까지 살펴보았지만 차준후가 말한 지식 가운데 단백질 분해 효소를 제외하고 나머지에 대해서는 금시초문이었다.

'카프린산 효소가 알려지기는 했지만 그 효과까지는 아직 명확하게 드러나지 않았지. 아토피와 주름 완화 효소는 제대로 된 연구조차 없고 말이야.'

차준후의 1960년대 회귀는 그야말로 대단한 기적이었다.

그리고 그의 뇌리에 있는 미래의 지식은 수많은 학자와 기술자가 노력하여 만들어 낸, 더욱 엄청난 기적의 산물이었다.

"대단하시네요. 지금껏 전혀 들어 보지 못했던 지식입니다."

놀란 얼굴로 차준후를 바라봤다.

"그렇겠죠. 아는 사람이 많지 않은 지식입니다."

다리를 꼬면서 차준후가 지식을 뽐냈다.

오만하게 보일 수도 있지만 자신감으로 비쳤다.

"귀중한 지식을 저에게 알려 준 이유가 있겠지요?"

지식은 연구자들에게 있어 금은보화보다 값지다.

"연구원으로 모시고 싶어 찾아왔습니다."

차준후가 단도직입적으로 말했다.

"저를요?"

모준민이 마뜩잖은 표정을 지었다.

방금 전까지 화기애애하던 분위기가 삽시간에 싸늘해졌다.

화장품 사업은 가내 수공업을 겨우 면한 주먹구구식이라는 게 식자들이나 업계 사정을 짐작하는 사람들의 인식이었다.

분명 뛰어난 지식을 가지고 있는 차준후를 존중하지만 그것과 스카이 포레스트에서 일하는 건 별개의 문제였다.

"화장품 회사의 연구원 자리에 저는 어울리지 않지요."

모준민이 점잖게 거절했다.

겨우 화장품 회사의 연구원 자리는 대학교에서 열심히 공부한 자신에게 가당치도 않다고 여겼다.

제조업이라고 해도 일반 제조업과는 차원이 다르다 할 만큼 수준이 뒤처져 있고, 영세한 분야가 화장품 사업이었다.

나름대로 실력을 갖춘 엘리트가 화장품 회사에 근무한다?

주변 사람들에게 손가락질 받기에 충분한 일이다.

주변 지인과 친구들이 여기저기 큰 회사에 취직할 때도 졸업 이후까지 대학교에 남아서 많은 연구를 해 오던 그였다.

스카이 포레스트가 명성을 조금 얻었다고 하지만 모준민의 눈에는 차지 않았다.

미생물에 대해 심층적으로 공부를 한 그는 마음에 드는 회사를 골라서 갈 수 있는 인재였다.

"회사가 어울리지 않는 겁니까? 아니면 마음에 들지 않는 건가요?"

차준후가 여유롭게 웃으며 물었다.

면전에서 불퉁스런 표정을 짓고 있었지만, 충분히 이해했다.

스스로 생각해도 창업한 지 한 달도 안 된 스카이 포레스트는 많은 것이 부족했으니까.

"음! 솔직하게 말하죠. 사장님의 뛰어난 식견을 존중하지만 제 전문성을 작은 화장품 회사에 묵힐 수는 없겠네요."

작다고?

그럼 크게 키우면 되잖아.

"이 대학교의 시설보다 뛰어난 연구소를 만들어 드리죠. 그곳에서 마음껏 연구하시면 됩니다."

차준후가 제시했다.

"뭐라고요?"

"첨단 장비를 구비한 국내 최고의 연구소를 만들겠다고 했습니다."

화장품 업계에서 전문적이면서 첨단 장비를 갖춘 연구소를 가지고 있는 회사는 없다.

연구를 하며 화장품을 만들어야겠다는 선구적인 생각을 가지고 있지 못했다.

전반적인 환경이 부족한 면도 있었지만 회사를 운영하는 사장들의 혁신적인 생각이 많이 부족했다.

"화장품 회사가 연구소를 차리겠다는 겁니까?"

"물론입니다. 화장품을 연구 개발해야 해야 하기에 연구소는 필수입니다."

"국내에만 머물고 있는 기존의 화장품 회사와는 다르군요."

"국내 화장품 회사들이 비루한 건 사실입니다. 그러나 외국에 있는 화장품 회사들의 경우는 다릅니다. 천 명 이상의 직원을 가지고 있는 회사도 있습니다."

"천 명이나요?"

모준민의 눈이 커졌다.

"세계적으로 유명한 큰 규모의 화장품 회사는 서울 농대보다 몇 배로 큰 규모를 자랑합니다."

세계적인 명성을 가진 화장품 회사들은 대학교보다 큰 연구소를 세계 곳곳에 가지고 있었다.

"전 국내에 만족할 생각이 없습니다. 국내를 넘어 스카이 포레스트를 세계로 진출시킬 겁니다."

차준후가 포부를 드러냈다.

회사는 작았지만 미래 지식을 지닌 차준후가 품고 있는 비전은 세계를 뒤덮고도 남았다.

강력한 성장 가능성을 가진 회사!

자신감 넘치는 진심을 목격한 모준민은 믿음이 갔다.

"연구소를 만들려면 돈이 한두 푼 들어가는 게 아닐 텐데요?"

"제가 돈이 많습니다. 지금 이 순간에도 계속 불어나고 있습니다."

"스카이 포레스트가 잘나가고 있기는 한 모양이군요. 벌어들이는 돈을 지속적으로 연구 개발에 투자하겠다는 생각이 아주 좋습니다."

'상속받은 재산이 많아요.'

속으로 중얼거린 차준후가 모준민의 오해를 내버려 뒀다.

"연구 개발비를 회사의 순이익 대비 20퍼센트 이상을 꾸준하게 투자할 생각입니다."

"그렇게나 많이 말입니까?"

"많은 게 아닙니다. 그보다 많이 투자하면 했지 적지는 않을 겁니다."

화장품 개발에 있어 연구는 필수이다.

화장품은 끊임없는 연구에서 출발해서 부작용 여부를 확인하며 최고의 결과물을 만들어 내는 것이다.

화장품 개발은 제약 개발과 유사하다.

그렇기에 각종 부작용에 대한 확인이 반드시 동반되어야 한다.

"음! 고민이 되네요. 신뢰가 가기는 하지만 아직 연구소가 만들어진 건 아니잖습니까."

모준민이 결정을 망설였다.

앞에서만 떠들고 뒤에서 말을 뒤집는 경영진들을 많이 보아 왔기 때문이다.

사기꾼들이 달콤한 거짓말로 피해자들을 낚아챘다고 할까?

 도처에서 사기가 만연한 대한민국이다.

 "건물은 있는데 안을 채울 시설 장비들이 문제이지요. 국내에서 구할 수 있는 건 빠르게 구매하고, 해외에서 들여와야 하는 첨단 장비는 시간이 들어갈 겁니다. 새롭게 만들어질 연구소에서 마음껏 연구하면 됩니다."

 "구미가 당기는 이야기이기는 합니다만, 여전히 망설여지는 게 사실입니다. 공부를 더 하고 싶은 생각도 조금 있고요."

 모준민이 함부로 선택하지 않았다.

 대학교 졸업생들에게는 첫 회사가 무척 중요했다.

 첫 회사를 잘못 선택해서 인생 자체가 무너지는 경우도 많았다.

 "여전히 망설여진다면 학업을 병행하는 건 어떻겠습니까?"

 차준후가 추가 조건을 제시했다.

 직감적으로 지금이 회유할 수 있는 절호의 기회라는 걸 깨달았다.

 "네? 학업 병행이라고요?"

 대학교를 졸업하게 되었지만 여전히 배움에 대한 갈망이 컸다.

대학교를 다니는 동안 가정 형편이 안 좋아졌기에 더 공부하겠다는 말을 차마 부모님에게 하지 못했다.

"대학원을 다니며 연구소에서 연구하세요. 회사에서 하는 연구가 마음에 들지 않으면 곧바로 사표를 제출하세요. 회사를 그만두고 대학원에 전념하면 됩니다."

"회사를 다니면서 학업을 할 수 있게 배려해 주겠다는 말입니까?"

"학비를 지원해 드리죠. 더 높은 수준으로 가는 길을 함께하시죠."

차준후가 호기롭게 말했다.

인재를 키우는 건 스카이 포레스트의 경영 방침이다.

대학원에서 수준 높은 배움을 통해 회사에 도움이 된다면 기꺼이 학비를 지원할 수 있다.

단순한 연구 인력이 아니라 미래 지식을 새롭게 활용해서 제2, 제3의 사업을 창출해 낼 인재가 필요했다.

* * *

회사에 인재가 부족했다.

회사의 밝은 미래를 위해 인재를 끌어모아야 한다.

넉넉한 월급과 함께 회사의 복지 수준을 끌어올리는 이유였다.

단순히 상속받은 재산이 많고, 회사의 사업이 잘되기 때문이 아니었다.

"연구원 자리를 맡겠습니다. 아니, 입사를 제발 허락해 주십시오."

모준민이 입사를 결정 내렸다.

너무 좋은 조건이었기에 이제는 취업시켜 달라고 오히려 간청해야만 했다.

희대의 천재라면 모를까, 이름만 대면 알 만한 대기업과 정부 소재 연구소라고 해도 대학원 학비를 대신 내주는 곳은 없다.

언제든 퇴사할 수 있다는 점도 강점이다.

속된 말로 알맹이만 쏙 빼먹고 튀어도 된다는 소리였으니까.

모두 직원에게 절대적으로 유리한 입사 조건이었다.

"입사를 환영합니다."

차준후가 모준민을 반겼다.

"사장님, 내일부터 출근하면 됩니까?"

"아직 연구소가 만들어지지 않았어요. 연구할 수 있는 기반이 만들어지면 연락을 드리죠."

"알겠습니다."

"취업은 내일부로 시작된 길로 할 테니, 월급은 걱정하지 마세요."

"신경 써 주셔서 감사합니다."

사정을 배려해 준 차준후에게 모준민이 허리를 숙였다.

회사에 출근해서 일하지 않아도 월급을 주겠다니?

이처럼 직원을 배려해 주는 회사는 들어 보지 못했다.

"대학원 입부가 아직도 가능합니까?"

"졸업 논문을 봐주신 지도 교수님께서 등록금을 대납해 주시며 대학원에 다니라고 말씀해 주셨습니다. 염치가 없어서 차마 대학원에 다닐 생각을 못했지만 이제는 찾아뵐 수가 있겠네요."

모준민이 환하게 웃었다.

공부에 대한 그의 열정을 알아본 지도 교수이다.

대학교를 다닐 때도 큰 도움을 받았는데, 대학원 등록금까지 받을 수는 없었다.

"월급은 업계 최고의 대우인 천 환을 드리죠. 미리 가불해 줄 테니까 두 손 무겁게 해서 은사님을 찾아가세요."

"천 환이나요? 감사합니다. 회사와 사장님을 위해 열심히 일하겠습니다."

방금 전까지 회사 입사를 두고서 고민하며 망설이던 자신의 뺨을 후려갈기고 싶었다.

얼마나 어리석었는지 깨달았다.

입사하지 않겠다고 말했다면?

두고두고 후회할 짓이었다.

요즘 잘나간다고 하는 유명한 기업에 들어간다고 해도 연구원의 첫 월급이 천 환 미만이었다.

처음부터 천 환의 월급에 환호성이 나올 뻔했다.

최고 금액을 훌쩍 뛰어넘는 월급과 대학원 학비 지원이라는 엄청난 복지 혜택에 정신을 차리기가 힘들었다.

"대학원에서 많이 배우세요. 그게 회사와 저를 위한 길입니다."

차준후가 인재를 위해 아낌없이 베풀었다.

"저에 대한 기대감이 너무 큰 것 같아서 목이 마르네요. 제가 사장님의 기대감을 모두 채울 수 있을지 걱정입니다."

좋기는 한데 살짝 기가 질린 모준민의 표정이었다.

당연했다.

너무 과했으니까.

"걱정하지 않아도 됩니다. 못 채운다고 보이면 제가 강제로 끌고 갈 테니까요."

차준후가 웃으며 말했다.

무엇을 연구해야 하는지, 그리고 어떻게 연구하면 되는지 친절하게 알려 줄 생각이었다.

예전에 열심히 공부하며 머릿속에 각인시켜 놓은 지식과 기억들이 빛을 발할 줄 미처 몰랐다.

1960년대에 차준후의 머릿속에 있는 지식들은 그야말로 엄청난 가치를 품었다.

"사장님께 끌려다니는 미래의 제 모습이 보이는 것 같습니다."

"끌려다니는 여부는 모르겠지만 대한민국 최고의 첨단 연구소에서 환하게 웃고 있지 않을까요? 연구 개발에 따른 성과급이 있습니다. 전 잘하는 직원에게 결코 섭섭하게 대하지 않습니다."

"사장님의 주머니를 가볍게 만들 정도로 많은 성과급을 받아 내겠습니다."

"하하하하! 남자라면 강한 자신감을 보여 줘야죠. 마음에 듭니다."

차준후가 모준민의 포부에 한껏 웃음을 터트렸다.

"사장님, 여기 빵이 맛있습니다. 하나 드셔 보세요."

"맛있다고 하니 기대되네요."

"빵만 먹으면 목이 막히니까 시원하게 탄산음료도 한 잔 드세요."

"술이 아니라 아쉽기도 하지만 밝은 미래를 위해 건배할까요?"

"존경하는 사장님과 함께하는데 탄산음료면 어떻겠습니까. 사장님이 계시기에 빵과 탄산음료면 만족합니다."

쨍!

차준후가 모준민과 유리잔을 부딪쳤다.
"스카이 포레스트의 밝은 미래를 위하여!"
"위하여!"
미래를 위한 건배였다.
모준민의 눈이 열정으로 이글거렸다.
그는 뜻하지 않게 전화 한 통으로 시작된 만남이 회사 입사로 이어질 줄 상상도 못했다. 차준후와의 인연이 자신의 인생에 있어 엄청난 일이라는 걸 깨달았다.
'잘하자. 받은 만큼 열심히 해야 해.'
공짜로 대학원에 다닐 수 있게 된 모준민이 미칠 듯이 공부하겠다고 속으로 다짐했다.
결코 놓칠 수 없는 절호의 기회였으니까.
실망한 차준후가 혜택을 걷어 가지 않도록 만들어야만 한다.
'21세기 인간은 60년대에서 제대로 된 화장품 하나 만들기 참 힘들구나.'
차준후가 속으로 쓴웃음을 지었다.
스카이 포레스트에 대한민국 화장품 업계 최고의 첨단 연구소를 만들 심산이다.
첨단 연구소에 어울리는 인재들을 모집해야 한다.
첨단 연구소!
이는 차준후에게 의미하는 바가 굉장히 굉장히 컸다.

'이제야 이론과 과학에 바탕을 둔 화장품을 만들어 낼 수 있는 기틀이 마련되고 있구나.'

말 그대로 아무것도 없다 보니 만들어 내야 하는 게 한둘이 아니었다.

'화장품을 제대로 만들려고 하다 보니 필요한 게 너무 많아.'

원재료가 부족하고, 시설 장비도 없었고, 인재를 찾기가 너무 힘들었다.

돈만 있으면 쉽게 구할 수 있는 21세기와 너무나도 달랐다.

찬사를 받고 있었지만 지금껏 스텐 통만 달궈서 만들어 낸 골든 이글과 립글로스는 솔직히 차준후의 성에 차지 않았다.

차준후가 미래 지식을 가지고 있어 혁신적인 화장품을 만들어 낼 수 있는 건 사실이다.

'언제까지 홀로 수백, 수천 가지의 화장품들을 만들어 낼 수는 없으니까.'

코앞이 아니라 먼 미래를 바라보고 있었다.

비로소 그의 손발이 되어 줄 연구실과 연구 인력이 스카이 포레스트에 생겨났다.

차준후가 날개를 단 셈이다.

아직은 연구원이 단 한 명뿐으로 미약한 날개였지만.

이제 막 한 걸음 내디뎠을까.

갈 길이 여전히 멀었다.

"맛있네요."

빵 맛을 음미하면서 말했다.

"그렇죠? 인근 최고의 맛을 자랑하는 빵집입니다."

"회사에 갈 때 직원들 간식으로 빵을 포장해서 가야겠네요."

"회사에 간식 제공이 있나요?"

"아침과 저녁으로 잔업이 있어서요. 하루에 두 번 간식을 제공합니다. 직원들이 원하거나 서울에서 맛있다고 알려진 간식들을 골라서 제공하고 있어요. 아! 점심 식사도 회사에서 제공합니다."

"점심과 간식 제공, 복지 혜택이 정말 환상적일 정도로 좋군요."

먹는 게 고달픈 시기이다.

가난 때문에 하루에 한 끼만 먹는 사람들이 즐비하다.

이런 판국에 아침 간식과 점심 식사, 저녁 간식까지 회사에서 제공한다면 집에서 아무것도 먹지 않고 버틸 수도 있다.

"직원들이 회사를 위해 열심히 일해 주니까요. 배고프지 않도록 항상 신경을 쓰고 있습니다."

"제가 정말 좋은 회사에 취업했군요. 잘려 나가지 않도록 노력하겠습니다."

스카이 포레스트에 뼈를 묻겠다는 생각이 그의 마음에 우뚝 솟아났다.

직원을 끔찍하게 생각해 주는 동시에 탁월한 식견을 가진 차준후 밑에서 일하며 온갖 호사스러운 복지 혜택을 누리고 싶었다.

스카이 포레스트는 직원들에게 단연코 최고의 회사였다.

론도 생활 화장품

 론도 생활 화장품은 치약, 칫솔, 비누 등의 생활용품들과 화장품을 만들고 있다. 하지만 생활용품들에서는 매출과 영업 이익이 꾸준하고 늘어나고 있는 반면 화장품에서는 소위 죽을 쑤고 있었다.

 매출이 줄어들면서 화장품 영업 이익도 뚝뚝 감소했다.

 작년에는 한 자리 숫자의 매출 감소였지만 올해 들어서는 무려 두 자릿수인 14.4퍼센트의 충격적인 화장품 매출 감소가 이어졌다.

 원가 상승과 고정비 지출 증가로 인해 매출이 부진하면 영업 이익이 더 크게 줄어들 거란 이야기가 회사 안팎에서 흘러나왔다.

론도 생활 화장품 사장실.

화려한 실내에서 한 사내가 크게 분노하고 있다.

"저렇게 작은 스카이 포레스트 회사에서도 놀라운 신제품을 연달아서 내고 있는데 우리 직원들은 대체 무슨 일을 하고 있는 거야. 응? 월급만 축내고 있는 거잖아. 이봐! 연구실장, 왜 우리는 골든 이글이나 오아시스를 만들지 못하는 거지? 알아보니까 거기는 연구 인력도 없어."

"신제품을 개발하기 위해 노력하고 있지만 아직 제대로 된 성과가 없습니다."

"못하겠으면 대놓고 베끼란 말이야. 복제품 몰라? 약간만 바꿔서 내놓으라고. 내가 연구 인원들에게 많을 걸 바라는 게 아니잖아."

사장 진인규가 연구실장 이대관을 마구 야단쳤다.

스카이 포레스트의 등장 이후 회사 화장품 매출이 크게 떨어지고 있었다. 주력 상품 가운데 하나인 포마드 크림이 잘 팔리지 않게 됐다.

"복제를 하려고 연구하고 있습니다. 들어가는 재료들이 뭔지는 알겠는데 배합 비율을 몰라서 애를 먹고 있습니다."

이대관이 진땀을 빼고 있었다.

벌써 며칠 동안 집에도 돌아가지 못하고 립글로스 오아

시스와 골든 이글을 연구했다. 들어가는 원재료들을 대충 파악했지만, 배합 비율을 몰라서 제대로 된 복제품의 품질이 나오지 않았다.

"그걸 알아내야 하는 게 연구실장의 임무잖아. 우리가 스카이 포레스트보다 연구 인력이 적은 거야? 아니면 시설 장비가 부족해? 둘 다 우리 회사가 훨씬 우월하다고. 다른 게 부족해서 못 만드는 거야? 입이 있으면 말을 해 봐."

"조금만 더 시간을 주시면 성과를 내보이겠습니다."

연구실이라고 해 봐야 대학교 화학과 실험실보다 못한 수준이다.

연구실장을 포함해서 모두 열 명이 근무하고 있고, 실험 시설 수준도 무척 부족했다.

이 당시 화장품 제조사치고는 그럭저럭 평균을 약간 상회하는 수준이었다.

"그놈의 시간 타령 좀 그만해. 대체 언제까지 기다려야 하냐고."

쾅!

진인규가 책상을 강하게 내려쳤다.

좋은 품질의 신제품이 나온다면 기다려 줄 수 있었다.

그러나 곧 나올 거라고 하던 신제품은 도통 나올 줄 몰랐다.

"계속 돈만 들어가고 있잖아."

많은 시간과 원재료들을 들이붓고 있지만 골든 이글이나 오아시스와 같은 품질의 물건이 나오지 않았다.

"일주일 정도만 더 있으면 가능할 걸로 보입니다."

"그놈의 일주일, 일주일! 듣기도 지겹군."

시간과 돈이 더 들어간다고 해도 완벽한 복제품이 나온다고 기대하기 힘들었다.

골든 이글 때부터 듣던 소리였다.

오아시스 출시 이후에 또 듣게 되자 복장이 뒤집혔다.

이대관의 연구 능력에 의문을 가지게 됐다.

"사장님, 이번에는 진짜입니다. 성과가 있었다니까요."

"입으로만 떠들지 말고 제발 제대로 된 물건을 가지고 와. 그러면 믿어 줄 테니까."

진인규가 더 이상 연구실장을 믿지 않았다.

"기필코 가지고 오겠습니다."

"헛소리 좀 그만 떠들어. 그렇지 않아도 머리 아파 죽겠어."

일이 제대로 풀리지 않고 있기에 그가 인상을 잔뜩 찌푸렸다.

"자네들도 알다시피 지금 아주 중요한 시기야. 아버지가 사업체들의 수장 자리에 자식들을 앉혀 놓고서 비교하고 있단 말이지. 성과를 내지 못하면 그룹 후계자 자리는 물 건너가는 거라고. 그리고 내가 나가리되면 자네들도 자리를 보전하기 힘들 거야."

진인규는 배다른 형제들과 치열한 경영권 다툼을 벌이고 있었다.

"회장님께서 장남인 사장님을 두고 다른 형제분들을 밀어주려고 하는 겁니까?"

가만히 듣고 있던 진인규의 최측근 육선빈 이사가 물었다.

놀란 기색이 역력했다.

진인규의 의중을 잘 읽는 그는 사태를 해결하는 데 능수능란했다.

"장남이 무슨 소용이야? 지금 내가 화장품에서 제대로 된 성과를 내고 있지 못하잖아."

그룹의 회장 자리를 뛰어난 자식에게 물려주겠다고 천명한 진인규의 아버지 진남호이다.

"나 빼고 다른 자식 놈들이 모두 잘나가고 있어. 냉철한 회장님의 눈 밖에 나는 게 당연하지."

자조 섞인 진인규의 말에 이대관과 육선빈이 말을 잃어버렸다.

그도 그럴 것이 사장을 보좌하고 있는 측근들이 무능력하다는 말이기도 했기 때문이다.

"사장님, 제가 알아보니 스카이 포레스트에서 특허를

신청했다고 합니다."

육선빈이 조심스럽게 입을 열었다.

"특허? 꼴 보기 싫은 놈들이야. 자신들의 물건이 특별하다고 자랑하는 거잖아."

"그렇게 싫어하지 않으셔도 됩니다."

"뭐라고? 그놈들이 잘난 척하는 걸 반겨야 한다는 소리야?"

"반길 수도 있지요."

육선빈이 슬그머니 미소를 지었다.

"미쳤어?"

진인규가 매섭게 쏘아보았다.

잔뜩 분노해서 탁자 위에 재떨이를 잡아 그대로 집어 던지려고 했다.

담배꽁초가 잔뜩 꽂혀 있었는데, 맞았다가는 대형 참사였다.

"우리에게 이득이 될 수도 있으니까요."

육선빈이 재빨리 말을 이었다.

"무슨 소리야? 답답하니까 끊어서 말하지 말고 속 시원하게 이야기해."

"특허를 신청하려면 제작 공법을 비롯하여 세세하게 밝혀야 합니다."

"당연하지. 그걸 누가 몰라?"

"특허 신청한 서류를 입수할 수도 있습니다."

육선빈이 말하면서 미소 지었다.

"뭐라고? 그게 정말이야?"

진인규가 육선빈의 입만 쳐다보았다.

"가능하니까 말씀을 드렸지요. 다만 그 과정에서 특허청 심사 담당 공무원을 구워삶으려면 적지 않은 돈이 들어가겠죠. 연구해서 안 된다면 특허를 빼돌리면 그만입니다."

대단한 성과를 이뤄 낸 것처럼 자신 가득 넘치는 육선빈의 자세였다.

지식 재산권을 보호하려고 한 스카이 포레스트의 방법이 오히려 거꾸로 제작 공법을 노출될 위기에 처한 것이다.

"정치가들이 난리이니 공무원들도 서슴없이 부정부패를 저지르는군. 망둥이가 뛰니 꼴뚜기도 뛰는 꼴이네."

진인규가 씹어뱉듯이 내뱉었다.

혼란스러운 대한민국 상황과 성숙하지 못한 정치는 여러 곳에서 극심한 부정부패를 만들어 냈다. 그 와중에 보수가 열악한 공무원들의 부정부패가 날로 심각해졌다.

빠른 일 처리나 비합법적인 일을 원하면 공무원들에게 뒷돈을 찔러 줘야만 했다.

"정치권이 어지럽지 않습니까. 그 탓에 부정부패가 더

심해지기는 했습니다. 분명 안타까운 일이지만 저희에게는 좋은 일이기도 합니다."

혼란을 바로잡아야 할 정치권은 아수라장이었다.

정치가들은 권력을 잡기 위해 혈안이 되어 있었다.

날이 갈수록 정치권의 다툼이 격화되어 갔다.

대한민국이 제대로 돌아가지 않으면서 혼란은 더욱 심각해졌다.

혼란이 더욱 큰 혼란을 불러오는 좋지 않은 악순환이 반복됐다.

한국인들의 마음에 현재의 무능력한 정치권과 정치가들은 대한민국을 이끌어 나갈 능력이 없다는 감정이 서서히 싹트기 시작했다.

"혼란스럽다고 해서 나쁜 것만은 아니야. 원래 어려울 때 잘나가는 사람이나 회사가 진정으로 능력이 있는 거야."

진인규가 이득 볼 수 있는 지금 상황을 반겼다.

"옳은 말씀입니다. 사장님께서는 어려운 상황을 슬기롭게 헤쳐 나가실 겁니다."

육선빈이 최측근답게 진인규의 비위를 잘 맞췄다.

"자네도 어려울 때 회사를 위해서 큰일을 해냈어."

"아닙니다. 어떻게 하다 보니 부패한 공무원을 알게 됐을 뿐이지요. 박봉인 특허청 공무원에게 돈을 찔러주겠다고 말했더니, 그 사람이 반응을 보인 것뿐입니다."

"그게 대단한 거야. 돈을 얼마든지 지원해 줄 테니까 당장 진행해. 골든 이글과 오아시스 제작 공법을 알아내면 그따위 돈은 금방 복구할 수 있어."

진인규가 호기롭게 제안을 허락했다.

복제품을 제대로 만들어 내면 놀라운 성과를 내는 건 일도 아니었다.

스카이 포레스트가 시장에서 물건들을 팔며 돈을 쓸어 담았다.

그 돈이 론도 생활 화장품의 이익으로 바뀔 수도 있었다.

"특히 담당 공무원과 본격적으로 접촉을 해 보겠습니다."

"얼마를 달라고 하던지 구워삶으라고. 그래서 바로 특허 서류를 내 앞에 가져다 놓아. 그럼 이번에 제대로 된 성과급을 줄 테니까."

인상을 잔뜩 찌푸리고 있던 진인규의 입가에 미소가 피어났다.

벌써 스카이 포레스트의 제작 공법이 수중에 들어온 듯한 모습이었다.

"미리 언질을 받기는 했습니다. 죄송하지만 특허 서류의 가치를 알아본 특허 담당 공무원이 이번 기회에 아주 크게 작정을 한 모양입니다. 언뜻 받고 싶은 금액을 이야기했는데, 300만 환을 이야기했습니다."

육선빈이 슬며시 진인규의 눈치를 살폈다.

300만 환!

엄청난 금액이 혹시라도 진인규의 심기를 거슬리지 않을까 걱정이었다.

"도둑놈의 새끼! 나라에 도둑놈들이 왜 이렇게 많은 거야? 생각 같아서는 곧바로 경찰에 찔러 버리고 싶네."

진인규가 버럭 소리 질렀다.

300만 환이면 결코 적지 않은 액수였다.

특히 서류를 빼내서 팔자를 고치려고 하는 도둑놈이었다.

"저도 과도하다고 생각합니다. 만나서 금액을 조절해 보겠습니다."

"됐어. 돈 준비할 테니까, 그냥 갖다가 줘."

"네? 많이 비쌉니다만……."

"그만큼 가치가 있는 제작 공법이니까 많이 만들어 팔면서 보충하면 돼. 그럼 300만 환 정도는 한 달도 안 되어서 복구할 수 있어. 다만 그놈에게 단단히 약속을 받아놔. 특허 서류를 다른 놈들한테 팔면 가만두지 않겠다고. 우리한테만 넘기는 걸로 쇼부를 쳐."

"알겠습니다. 허튼 생각하지 못하게 만들겠습니다."

육선빈이 고개를 조아렸다.

'됐어, 제대로 벌었어.'

특허 담당 공무원이 애당초 요구한 돈은 100만 환이었다. 그걸 깎아서 80만 환에 거래하기로 이미 약조한 상태였다.

'시원시원하게 지르는군. 덕분에 잘 먹게 됐어.'

진인규에게 300만 환이라는 거액을 부른 뒤에 조절할 작정이었다.

육선빈이 한순간에 220만 환의 부가 수입을 얻게 됐다.

'속고 속이는 사회 아니겠습니까. 사장님은 스카이 포레스트의 제작 공법을 얻어서 좋고, 저는 돈을 벌어서 좋은 것이죠. 모두에게 좋은 이야기이니 억울하지는 않을 겁니다.'

그가 씩 웃었다.

"이 돈 가지고 당장 만나러 가. 공무원이 다른 생각을 할 수도 있으니까."

진인규가 사장실에 있는 튼튼한 금고에서 300만 환을 꺼내어 주며 말했다.

"사장님, 돈을 낭비할 필요가 없습니다. 시간만 주시면 제가 기필코 완벽한 복제품, 아니 그 이상의 물건을 만들어 내겠습니다. 믿어 주십시오."

이대관이 끼어들었다.

"좀 닥쳐. 특허 서류 가지고 오면 제대로 연구해서 보다 뛰어난 걸 만들 생각이나 해."

"……알겠습니다. 그걸로 제대로 만들어 보겠습니다."

"좋아. 비록 돈이 조금 들어갔지만 이제부터 잘될 일만 남았어."

진인규가 잔뜩 고무된 표정이었다.

막히고 힘들었던 상황을 300만 환으로 해결할 수 있었기에 괜찮았다.

일반인에게 300만 환이 거금이지, 그에게는 쉽게 지출할 수 있는 금액이었다.

* * *

"이번 기회에 뿌리를 뽑아 버리자고. 그리고 그들의 특허를 가지고 화장품 업계의 선두를 차지할 수 있도록 노력하자."

진인규가 검은 속내를 드러냈다.

"네."

"기필코 그렇게 해야죠."

"빼앗긴 놈들이 병신인 거야."

자신의 행동을 정당화시키며 스카이 포레스트를 매도했다.

"물론이죠, 사장님. 잘못은 특허 서류를 제대로 관리하지 못한 자들의 몫이죠."

부패한 공무원의 잘못이 순식간에 스카이 포레스트의 문제로 넘겨졌다.

상상도 하지 못 할 일이 벌어지려고 하고 있었다.

혼란스러운 시기, 정부 부처는 제대로 된 역할을 하지 못하고 있다.

특허 관리에 대한 공무원들의 도덕적 해이가 무척 심각했고, 그 빈틈을 이용해서 이득 보려고 하는 자들이 득시글거렸다.

* * *

이른 아침 시간이다.

잔업 때문에 직원들만 일찍 출근하는 게 아니다.

사장인 차준후도 덩달아 오전 7시 이전에 회사에 나와야만 했다.

사람들이 많이 돌아다니지 않는 한산한 시간이었다.

차준후가 출근을 위해 택시를 잡았다.

"기사님, 용산 후암동 238-1번지로 가주세요."

"아! 거기 근처면 유명한 화장품 회사 있지 않나요?"

"스카이 포레스트 말하는 겁니까?"

"맞아요. 일제를 박살 낸 아주 유명한 회사이죠."

택시 기사의 입에서 스카이 포레스트에 대한 이야기가 흘러나왔다.

"제가 가려고 하는 목적지입니다."

"용산 후암동에서 가장 유명한 스카이 포레스트로 가시는군요."

"아! 스카이 포레스트가 유명해졌군요."

차준후가 택시 기사의 말이 전해 주는 여운을 즐겼다.

"다음부터는 번지수로 말하지 말고 스카이 포레스트로 가자고 말씀하시면 돼요."

"알겠습니다. 다음에 택시 탈 때는 기사님 말씀대로 하죠."

"그게 헷갈리지 않고 서로 편하지요."

"그럼 좋지요. 택시를 탔을 때 정확한 번지수를 이야기해도 택시 기사들이 잘못된 곳으로 움직일 때가 종종 있었거든요."

택시 기사들이라고 해서 서울의 모든 장소와 번지 주소를 아는 게 아니다.

용산 평지에서 10분 정도 도보로 언덕길을 올라가야 나오는 곳이 바로 스카이 포레스트 공장이다.

약간 후미진 곳에 위치하고 있기에 택시를 탄 뒤 기사에게 좌회전, 우회전하며 내비게이션 역할을 한 적도 있는 차준후다.

"근래 택시 기사들치고 스카이 포레스트 모르는 사람은 없습니다. 신입 기사들이 처음 교육받을 때만 해도 용산 후암동의 스카이 포레스트가 어디인지 지도를 보고서 외웁니다."

택시를 타고 번지수를 말하는 게 아니라 유명한 건물이나 장소를 이야기하면 편하게 이동이 가능하다.

그러고 보니 언젠가부터 회사 정문 근처에 빈 택시 한두 대가 손님을 태우기 위해 정차하고 있고는 했다.

영업 사원들과 직원들이 외부의 일을 보기 위해 택시를 자주 이용하였다.

덕분에 택시 잡기가 수월했다.

차준후가 직원들에게 택시 이용을 적극 권장했다.

먼 거리를 움직일 일이 있으면 버스나 도보로 이동하지 말고 택시를 이용하라고.

돈보다 시간을 절약하는 게 먼저다.

명확한 차준후의 지시 이후로 스카이 포레스트의 직원들이 비싼 택시를 즐겨 이용하고 있었다.

"스카이 포레스트가 정말 유명해졌군요."

"한국인이라면 절대 몰라서는 안 되는 회사입니다. 일본 놈들 콧대를 아주 박살 낸 화장품 회사이니까요. 택시를 타는 많은 손님과 이야기를 나눴는데, 모든 분이 다 좋아하셨어요."

론도 생활 화장품 〈293〉

택시 기사의 말에 차준후가 흐뭇하게 웃었다.

택시는 소문에 가장 민감하다.

택시 기사가 좋아한다는 말을 꺼낼 정도면 정말 한국인들이 스카이 포레스트의 성과를 높이 평가하면서 반긴다는 의미였다.

"정말 좋은 회사이죠. 저도 알고 있습니다."

차준후가 스카이 포레스트를 칭찬했다.

자신의 얼굴에 스스로 금칠을 하는 모양새다.

약간 겸연쩍기는 했지만 진실이었기에 크게 부끄럽지는 않았다.

회사가 사람들에게 인정받고 있다는 사실에 가슴이 두근거렸다.

그리고 그건 차준후에 대한 칭송이다.

말할 수 없는 기쁨이 몰려왔다.

"저번에 골든 이글을 만들고, 이번에는 여성용 입술 화장품 립글로스 오아시스를 출시했잖습니까. 연달아서 놀라운 제품을 만들어 낸 대단한 회사입니다."

"잘 아시고 계시네요?"

"물론이죠. 알아보니 창업한 지도 얼마 되지 않았더라고요. 지금도 놀라운데, 앞으로 얼마나 더 사람들을 놀라게 하겠습니까? 대한민국에 엄청난 회사가 기적적으로 튀어나온 겁니다."

택시를 운전하면서 말이 참으로 많은 택시 기사였다.

고객과 적극적으로 소통하고 있는 택시 기사가 차준후는 싫지 않았다.

왜?

칭찬을 하고 있으니까.

아부가 아니다.

진실만을 이야기하고 있기에 더욱 좋았다.

"스카이 포레스트에 대한 관심이 남다르시군요."

"제가 저번에 우연히 그 회사 영업 사원을 태운 적이 있습니다."

"그래요?"

"그분과 이야기를 했는데, 스카이 포레스트의 월급과 복지 혜택이 대단히 좋다고 하더군요. 수많은 회사원과 공장 직원들을 태웠는데, 거기만큼 많이 월급을 주는 곳을 듣지 못했지요. 점심 식사도 공짜로 제공하는 데다가 잔업 수당까지 엄청나다네요."

택시 기사가 스카이 포레스트에 대한 장점을 쭉 부연 설명했다.

마치 회사 직원처럼 잘 알고 있었다.

"그렇군요."

"거기 가시는 걸 보니 혹시 스카이 포레스트 관계자이신가요?"

"볼 일이 있어서 가는 건 맞는데 저는 월급과 잔업 수당을 받지 않아요."

차준후가 말했다.

관계자인 건 맞지만 직접적으로 인정하지는 않았다.

사장이라고 말하면 말 많은 택시 기사를 감당하지 못할 것도 같았다.

"아! 그렇군요. 스카이 포레스트의 직원이면 좋았을 텐데요."

'직원들보다 제가 더 좋아요. 저는 사장이거든요.'

월급과 잔업 수당을 일체 받지 않는 사장이다.

그냥 스카이 포레스트에서 벌어들이는 이득 전부가 그의 몫이다.

"며칠 뒤에 직원들을 모집한다고 하더라고요. 저도 지원을 할 생각입니다. 손님도 생각이 있으시면 지원해 보세요."

"저는 지원할 수가 없네요."

사장이 자신의 회사에 지원을?

정체를 숨기고 몰래 위장 취업을 하면 모를까.

입사 지원을 하고 싶어도 할 수가 없었다.

"저는 지원하려고요. 민평진, 내일의 스카이 포레스트 직원이죠."

"아! 잘되기를 빌게요."

"감사합니다. 다음에 스카이 포레스트를 방문하시면 저를 보실 수 있을 겁니다."

택시 기사가 벌써부터 스카이 포레스트 직원이 된 것처럼 이야기했다.

"그래요. 보기는 할 것 같네요."

직원 모집에 오게 되면 차준후를 보는 건 기정사실이다.

그때 택시 기사 민평진의 모습이 무척 기대됐다.

'재미있겠네.'

차준후가 놀랄 민평진을 떠올리며 키득거렸다.

"혜안을 가진 사장님이라면 운전면허를 가진 열정적인 인재인 저를 뽑아 주시겠죠. 회사 사장님이 빠릿빠릿하게 움직이는 사람들을 좋아한다고 하더라고요. 그런 준비된 사람이 바로 접니다."

'그 사장이 바로 접니다. 그건 그렇고 대체 얼마나 많은 사람이 오게 되는 걸까?'

택시 기사까지 알게 된 직원 모집 이야기에 걱정스러웠다.

용산 일대에만 퍼진 게 아니라 서울 전역에 알려졌다는 이야기였다.

좋지 않은 일자리만 해도 수많은 사람이 몰리는 실정이었는데, 환상석인 복지 혜택과 빵빵한 월급을 준다는 스카이 포레스트는 알 만한 사람들에게 모두 알려졌다.

'준비 단단히 해야겠다.'

구름처럼 몰려올 사람들을 대비해서 불상사가 벌어지지 않도록 해야겠다고 다짐했다.

기사와 즐겁게 이야기를 하다 보니 어느덧 택시가 후암동에 진입했다.

아스팔트로 포장한 곳이 많지 않은 시기이다.

공장으로 향하는 길에는 아스팔트가 깔려 있었지만 주변에는 여전히 비포장도로가 많았다.

특히 인도는 비가 내리는 날이면 진흙탕 물로 인해 곤욕을 겪어야만 했다.

"아이구, 여기는 어제 내린 비로 인해 인도가 진흙탕 길이네요. 비탈진 언덕길이라 사람들이 걷기 힘들겠어요."

"음! 정말 엉망진창이군요."

택시 창문으로 보이는 광경에 차준후가 중얼거렸다.

아침 일찍 출근하는 직원들이 진흙탕 길을 요리조리 피해 가면서 나아가고 있었다. 조심하고 있었지만 직원들의 바지나 치맛자락에는 진흙과 흙탕물이 잔뜩 묻어 있었다.

택시가 스카이 포레스트 정문 앞에 멈췄다.

"도착했습니다, 손님."

"고마워요."

"좋은 하루 보내세요."

"기사님도요."

차준후가 택시비를 지불하고서 내렸다.

택시가 떠나갔다.

"흠! 출근길을 편하게 만들어야겠어."

진흙탕 길을 바라보는 차준후가 개선해야겠다고 결심했다.

"안녕하세요, 사장님."

"밤새 편안히 보내셨나요."

"아침 식사 맛있게 하셨어요."

출근하는 직원들이 인사를 건네 왔다.

"좋은 아침입니다."

차준후가 고개를 숙이며 반갑게 직원들을 맞이했다.

잔업을 위해 공장으로 직원들이 들어갔고, 차준후도 사장실로 향했다.

"좋은 아침입니다. 아이스 아메리카노 준비할까요?"

"부탁해요."

종은지가 탕비실에서 시원한 커피를 타서 가지고 왔다.

"아침에 출근하기 불편하지 않았나요?"

"비만 오면 며칠은 고생이죠. 조심한다고 해도 신발과 치맛자락이 엉망이 되고는 해요."

울상을 지었다.

종아리까지 내려오는 깨끗하고 깔끔한 치마가 흙탕물

로 인해 군데군데 더러워졌다. 반짝거리던 신발도 진흙이 묻어서 추레하게 보였다.

"회사 살림을 꼼꼼하게 챙겨 주는 경리가 고생을 하면 안 되죠. 손을 써야겠네요."

"어떻게요?"

"인도에 보도블록을 깔아야겠어요."

"네? 그건 관공서에서 해야 하는 일이잖아요."

종운지가 놀랐다.

종로를 비롯한 서울의 중요 인도에는 보도블록이 깔려 있었다. 그러나 용산에는 아직 보도블록이 깔려 있지 않은 곳이 더욱 많았다.

요즘 들어서 사람들의 왕래가 많은 곳에 포장이 이뤄지고 있었다.

그렇지만 용산에서 외곽 지역에 속한 공장 인근에는 인도 포장 작업 일정이 없었다.

"네 일 내 일이 어디에 있어요. 필요하면 나서는 거죠."

"보도블록이 꼭 필요한 것도 아니잖아요. 번거로움을 감수하면 되죠. 인도 포장에 돈을 쓰는 건 낭비 아닐까요? 그리고 기다리다 보면 국가에서 깔아 줘야 하는 일이라고요."

"언제 될 줄 알겠습니까?"

회의적인 차준후다.

전국 방방곡곡에 보도블록과 포장길이 깔리기 시작하는 건 새마을 운동이 시작되고 나서다.

새마을 운동은 독재자가 등장하고 난 뒤의 사업으로 아직 먼 미래의 일이었다.

"제가 용산구청에 전화해서 인도 포장에 대해 문의해 볼까요?"

종운지는 이번 일에 대해서 반대했다.

"인도 포장 안건이 있어도 외곽인 이곳보다 용산 중심지들을 먼저 살피겠죠. 여기까지 깔아 주기를 기다리다가는 제가 먼저 숨넘어갑니다."

"돈이 장난 아니게 많이 들어갈 텐데요."

회사의 살림을 챙기는 경리답게 돈을 걱정하고 있었다.

평소 직원들과 회사 확장에 아낌없이 돈을 쓰는 성격인 걸 알았지만 그래도 이건 선을 넘어서는 일이기도 했다.

"언덕길 초입부터 공장까지 보도블록을 깔면 비가 올 때 사람들이 바지를 적셔 가며 흙탕물 길을 더 이상 걷지 않아도 됩니다. 그거면 충분합니다."

차준후는 인도 포장 비용에 대해서 개의치 않았다.

많이 나온다고 해도 상관하지 않겠다는 의지였다.

제11장.

새마을 운동

새마을 운동

"직원들을 끔찍하게 생각하는 걸 수도 있겠지만 사장님은 정말 통이 크시네요. 인도 포장까지 하시겠다고 나설 줄은 몰랐어요."

"왕래하기 편하게 인도가 포장되어 있어야 한다고 생각하고 있을 뿐이죠."

미래에는 흙길을 걷는 게 더 어렵다.

전국 방방곡곡에 포장이 잘되어 있어 흙탕길을 발견하기가 더 힘들다.

도시화된 미래에서 살다 1960년으로 오니 개선해야 할 부분이 넘쳐 났다.

그 가운데 하나가 바로 인도 포장이다.

흙길을 걷지 않고 보도블록 위를 걸으면 편안하다.

들어가는 비용에 비해 얻는 게 그리 크지 않을지도 모른다.

그러나 차준후는 낙후된 현 상태를 유지하기보다 꾸준하게 새롭게 바꾸고 싶었다.

"낙후된 건 하나씩 바꿔 가야 합니다. 그래야 일대에 활력이 돕니다."

차준후는 관공서나 국가가 하지 못하는 일을 직접 할 작정이었다.

물론 모든 곳을 할 수는 없다.

공장 근처만, 자신의 구역에만 할 일이다.

"공장 인근이 아주 좋아지겠네요."

종운지가 예견했다.

"지역 사회 개발이라고 할까요? 출퇴근하는 직원들이 가장 좋겠지만 인도를 포장하면 인근을 오가는 사람들에게도 도움이 될 겁니다."

"지역 사회 개발! 사장님은 정말 생각하시는 게 다르시네요. 일반인은 따라갈 수가 없어요."

"저는 혼자서 잘 살고 싶은 생각이 없어요. 모두가 같이 잘 살고 싶죠."

차준후가 말했다.

재산은 지금만 해도 충분하다.

골치 아프게 사업을 하지 않아도 떵떵거리며 평생 갑부

로 살 수 있다.

가만히 숨만 쉬고 있어도 재산이 쑥쑥 늘어났다.

그럼에도 화장품 사업을 하는 건 개인적인 복수 때문이기도 했지만 가난하고 어려운 주변 사람들과 함께 잘 살고 싶은 마음에서다.

"아!"

탄성을 터트린 종운지가 몸을 떨었다.

"직원들을 더 뽑으려는 건 회사 확장이라는 측면이 가장 크죠. 그러나 그 이면에는 풍족하고 여유롭게 살아가는 직원들의 모습을 보고 싶기 때문이기도 해요. 그렇지만 미약하고 부족한 제가 모든 사람을 도울 수는 없어요. 직원들만 품에 안기에도 버겁거든요. 하지만 인도 포장 작업으로 직원들을 위한 길인 동시에 지역 사회 개발을 꾀하려는 거죠. 길을 오가는 인근 거주민들에게 조금이라도 도움이 되었으면 하는 바람이고요."

차준후는 다 쓰러져 가는 판잣집에 살거나 하루 한 끼도 제대로 먹지 못해 골골거리는 사람들을 보면 너무나도 안타까웠다.

이 시기 대한민국의 현실을 보고 있자면 속이 문드러졌다.

"네?"

종운지가 깜짝 놀랐다.

단순히 화장품 만들기를 좋아하고, 직원들을 각별하게

챙겨 주는 사람 좋은 사장님이라고 생각했다.

"사장님은 정말 큰 분이시네요. 가난한 대한민국 현실을 송두리째 뜯어고치려고 하시는 거죠?"

"그랬으면 하는 바람인 건데, 어렵겠죠. 아직까지 제가 힘을 발휘할 수 있는 건 고작해야 공장 근처일 뿐이에요."

"지역 사회 개발! 신제품들을 폭발적으로 유행시킨 사장님이라면 용산을 넘어 서울 전역으로도 확장시키실 수 있어요."

"저를 너무 대단하게 보는 것 같기는 하지만 시간이 있으면 가능하다고 생각해요. 스카이 포레스트를 대기업으로 성장시키고, 지역 사회 개발 규모를 키우면 되니까요."

차준후가 동의했다.

대기업 재벌들이 생겨나면서 대한민국에 엄청난 영향력을 행사하게 된다.

미래의 재벌들이 했던 일이다.

스카이 포레스트가 대한민국을 뛰어넘어 세계적인 규모로 성장하게 되면 지역 사회에 막대한 영향력 행사가 가능하다.

'막대한 상속 재산을 받았고, 머릿속에 수많은 미래의 지식을 가지고 있는 나라면 해낼 수 있다.'

자신감이 넘쳤다.

대한민국의 어두운 경제 상황을 조금이라도 빨리 개혁

시키고 변화를 이끌어 낼 수 있었다.

"서울 전역으로 확장시킬 거면 지역 사회 개발이라는 딱딱한 말보다 친숙한 표현이 좋겠어요. 지역보다 마을이나 동네라고 자주 사용하고 있으니까…… 마을 개발 어떤가요?"

"낙후된 마을을 새롭게 만드는 개발 운동이잖아요. 새마을 운동이라고 하면 적당하겠죠."

"새마을 운동……. 입에 아주 쫙쫙 달라붙네요."

듣기 좋으면서 쏙쏙 뇌리에 박혀 오자 종운지가 좋아했다.

'헐! 하다 보니 새마을 운동이 되었네.'

자꾸만 새마을 운동 노래가 떠올랐다.

'잘살아 보세, 잘살아 보세, 우리도 한번 잘살아 보세.'

구성진 가락에 중독성이 있는 가사이다.

정부에서는 새마을 운동을 펼치며 전국 방방곡곡에 도로를 깔고 인도를 포장했다. 환경 개선을 하면서 빈곤을 퇴치했다.

그런 지역 사회 개발, 새마을 운동을 차준후가 용산 후암동에서 사비로 일찌감치 먼저 시행하고 있었다.

한국의 경제 발전에 지대한 영향을 끼친 독재자의 등장이 멀지 않았다.

독재자가 전국 방방곡곡에서 일으킬 근면, 자조, 협동의 새마을 운동이 한국인들을 기다리고 있었다.

"사장님은 정말 대단하세요. 존경스럽네요."

"아니라니까요. 저도 알고 보면 나약한 사람인걸요."

"절대 나약하지 않아요. 강인하세요."

부정하는 종운지이지만 차준후의 말은 사실이었다.

지금 이 순간에도 고민되는 부분이 있었다.

'너무 앞서 나가는 게 아닐까? 나비 효과로 인해 미래가 엉망이 될 수도 있어.'

사실 그는 몰랐지만 나비 효과로 인해 벌써 대한민국 안팎에서 원 역사와 다른 일들이 조금씩 벌어지고 있었다.

론도 생활 화장품이 대표적인 경우다.

협력을 하고 있는 그들이 스카이 포레스트를 먹잇감으로 노리고 있었다.

이 사태가 어떤 파급효과를 낼지는 아무도 예상하지 못한다.

'여기서 멈추면? 멈춘다고 해서 잘된다는 보장은 어디에도 없잖아.'

나아가도 고민이고, 멈춰서도 고민인 상황이 벌어지고 말았다.

벌이는 일이 점점 커지면서 신념이 흔들렸다.

주변에서 사람들이 대단한 능력을 가진 사업가라고 우러러보고 있었지만 그는 평범한 직장인이었다.

'나만 바라보고 있는 사람들이 생겼다. 이제 난 더 이상 평범한 직장인이 아닌 사장이다.'

차준후가 자신이 서 있는 위치를 자각하게 됐다.

어렴풋이 느끼고 있던 걸 선명하게 알게 됐다.

흔들리는 격랑 속에서도 회사를 이끌어가는 사장은 신념이 흔들리면 안 됐다.

'에이! 미래의 내가 1960년에 존재한다는 자체가 이미 모순이야. 이것저것 다 따지면 하고 싶은 일도 못해. 나는 하고 싶은 대로 하며 살 거다.'

차준후가 시원하게 결론을 내렸다.

한 번 사는 인생이다.

후회를 할 때 하더라도 마음대로 나아갈 생각을 굳혔다.

애당초 모든 역사의 일을 알지도 못한다.

설령 역사와 다른 일이 벌어지면?

전력으로 부딪쳐서 뚫고 나가면 그만이다.

자신을 믿어 주는 사람들과 함께 앞으로 나아가기로 결심했다.

'내가 1960년에 눈을 뜬 건 마땅히 해야 할 사명이 있기 때문이겠지.'

차준후가 전화기를 손에 들었다.

인터넷이 없는 시절이기에 전화번호부를 통해 알아보거나 전화 교환원에게 물어봐야 했다.

언제 두툼한 전화번호부를 뒤적거리고 있겠는가.

이 시대의 114인 전화 교환원에게 물어보면 편했다.

전화 교환원들은 유명한 기업체와 관공서들을 모두 숙지하고 있었다.

"보도블록 제작 업체 부탁합니다."

전화기를 든 차준후가 찾는 업체를 이야기했다.

- 서울 공장 백호 벽돌 연락해 드릴게요.

뚜르르르! 뚜르르르!

- 백호 벽돌입니다.

여성의 목소리가 전화기에서 흘러나왔다.

"인도에 보도블록을 깔 생각입니다. 견적 문의를 하려고요."

- 어디 관공서이신가요?

"관공서는 아니고요, 기업입니다."

- 공장 인도에 깔 생각이시군요. 깔아야 하는 벽돌 양에 따라 가격이 달라지는데, 기본적으로는 벽돌 하나당 가격과 밑에 깔아야 하는 모래, 그리고 인부 가격까지 생각하셔야 해요. 우리 직원이 방문해서 견적을 내 봐야 정확한 가격이 나와요.

"공장 인도와 공장으로 이어지고 있는 길거리의 인도까지 깔 생각입니다. 직원 보내 주세요."

- 어디로 가면 되나요?

"스카이 포레스트입니다."

- 아! 이번에 오아시스를 출시한 회사네요. 용산 후암

동으로 바로 보내드릴게요.

"감사합니다."

차준후가 전화를 끊었다.

말하지 않아도 용산 후암동의 스카이 포레스트를 알다니? 감개무량했다.

얼마 전까지만 해도 아무도 몰랐던 회사를 이제는 대한민국 사람들 상당수가 알게 됐다.

다섯 대의 트럭들이 공장 안으로 들어섰다.

짐칸에서 보도블록들과 경계석, 모래, 자갈들이 쏟아져 내렸다.

스카이 포레스트 공터에 자갈이 깔렸다.

"이게 뭔 일이래요?"

"더 이상 흙먼지가 날리지 않도록 사장님이 업체를 부른 거잖아."

"바람만 불면 흙먼지 때문에 불편하기는 했지."

건물 안에서 작업하고 있던 직원들이 창문을 통해 보이는 광경에 놀랐다.

공장이 점점 더 좋게 변해 갔다.

"공터에 깔리는 자갈은 아무것도 아니야. 경리에게 듣기로 사장님께서는 진흙탕 길이 보기 싫다고 하셨어. 그래서 업체를 부른 거야."

"응?"

"공장에 보도블록이라고 했던가? 아무튼 저기 보이는 벽돌로 인도를 쫙 깔아 버릴 거야. 그리고 언덕길 초입부터 공장까지 이어지는 인도도 모조리 돌길로 만든다고 하셨어."

"뭐라고? 그게 사실이야?"

"저 많은 벽돌을 봐라. 저걸로 뭘 하겠어?"

"난 건물이라도 하나 짓는구나 했지."

"저 벽돌은 건물용이 아니야. 인도에 까는 보도블록인가? 아무튼 사람이 밟고 다니는 거라고 했어."

"이야! 우리 공장, 정말 대단하다."

"사장님께서 대단하신 거지. 말은 똑바로 해."

"맞아."

"그런데 사장님이 직원 없는 주말에 화장실도 손본다고 하셨어."

"화장실? 깨끗하잖아."

"수세식으로 바꾸신다고 하던데? 수세식이 뭔지 알아?"

"냄새 없는 화장실이라고 들었어."

"쯧쯧쯧! 이 사람들아. 얼마 전에 성북구 종암동에 분양했던 종암 아파트가 모든 세대가 수세식 화장실인 걸로 유명하잖아. 이승민 대통령이 축사까지 했어."

"아! 그거라면 나도 알아. 종암 아파트면 아주 고급 아파트라고 들었는데, 우리 회사가 정말 대단하구나."

직원들이 대화를 나누면서도 쉬지 않고 립밤과 립글로스 용기를 제작했다.

능숙한 그들의 손길 아래 끊임없이 펜슬형 용기들이 만들어졌다.

"저기 봐. 사장님이시다."

"사장님께서 벽돌 업체 사람들과 이야기를 나누고 계시네."

"작업 지시를 하고 있나 본데?"

"응? 작업 지시가 아니라 삽을 잡으시잖아."

"대단한 양반이야. 사장실에서 편하게 쉬지 않고 자신만의 손길이 닿은 길을 만들려고 하는 거야. 스스로 길을 개척하시겠다는 거지."

건물 밖에서 차준후가 백호 벽돌 인부들을 돕기 위해 나섰다.

"제가 같이 일해도 됩니까?

차준후가 물었다.

선의로 나선 일이지만 작업 인부들이 불편해할 수도 있는 문제였다.

"물론이죠. 대환영입니다."

작업소장 송영중이 두 팔 벌려 반겼다.

"그럼 함께하죠."

차준후가 딱히 대단한 의도가 있는 건 아니다.

새마을 운동 〈315〉

그저 지역 사회 개발인 새마을 운동의 첫 삽을 함께 뜨고 싶은 마음이 있었다.

더 큰 이유는 그저 찌뿌듯한 느낌에 몸을 격렬하게 움직이고 싶었을 뿐이다.

'의뢰주가 함께 일하니 불편한 데가 한둘이 아니네. 그런데 왜 저렇게 열심히 일하고 있는 거야? 누가 보면 처음 와서 일 배우는 작업 인부인 줄 알겠다.'

송영중이 차준후의 작업을 살폈다.

대충 일할 줄 알았던 의뢰주 차준후가 미친 듯이 일하고 있으니 허투루 작업을 관리할 수 없었다.

"김씨 아저씨, 삽질 제대로 해. 거기 땅 평평하게 작업해야 하잖아!"

송영중이 소리 질렀다.

"아! 그게 아니라고!"

삽을 직접 손에 들고 나섰다.

평소 뒤에서 소리만 치던 작업소장이었지만 의뢰자인 차준후가 작업 현장에 합류했기에 평소보다 더욱 신경을 기울이고 있었다.

* * *

파파팍!

작업소장의 손에 들린 삽이 약간 튀어나와 있던 땅을 순식간에 평평하게 만들었다.

"이렇게 하라고. 제대로 하지 않고 설렁설렁 일하면 일당이 줄어들 줄 알아요. 다른 분들도 마찬가지입니다."

"아이구, 걱정하지 마세요."

"하루 이틀 한 일이 아니니 걱정을 붙들어 매쇼."

인부들이 능숙하게 움직였다.

처음부터 끝까지 중장비 없이 모두 사람의 손길로 만들어져 갔다.

장비가 없었기에 그야말로 인부들이 대거 달라붙었다.

생각보다 많은 인부의 수에 차준후가 깜짝 놀랐을 정도였다.

손에 삽을 든 차준후가 작업을 돕기 위해 본격적으로 나섰다.

툭 튀어나온 흙길의 일부를 까느라 힘을 썼다.

역동적으로 삽질을 했다.

파파팍! 파파팍!

흙이 파여 나갔다.

기분 좋은 느낌과 함께 몸에 땀이 흘렀다.

금방이라도 툭툭 튀어나온 흙들을 모두 제거할 수 있을 것만 같았다.

삽질을 몇 번이나 했을까?

"허억! 헉!"

벌써부터 숨이 차오른다.

역시나 저질 체력이다.

근래 들어 체력 단련장에서 틈틈이 운동을 하고 있었지만 체력이 금방 늘어나지는 않았다.

"사장님, 천천히 하시죠. 급하게 하면 힘듭니다."

송영중이 옆에서 말을 걸었다.

처음에는 그저 단순히 재미로 작업에 참여하는 걸로 여겼다.

그런데 지켜보니 서툴고 부족한 솜씨이지만 작업 인부들에게 거치적거리지 않도록 신경을 쓰면서 돕고 있다는 걸 알아차렸다.

불편했던 감정이 눈 녹듯이 사라진 상태였다.

진심을 다해 열정적으로 돕는 사람을 누가 싫어하겠는가!

"쉽지 않네요."

삽질을 멈춘 차준후가 잠시 숨을 골랐다.

"노가다가 익숙하지 않으면 어렵지요. 사장님 정도면 잘하시는 편입니다."

"그런가요?"

"익숙하지 않아서 그런 겁니다. 노가다는 체력도 필요하지만 요령이 더 중요하거든요. 보다시피 저기 머리가 허연 아저씨도 능숙하게 일하고 있잖습니까."

"제가 많이 부족합니다."

차준후가 언제 노가다를 해 본 적이 있던가?

단 한 번도 없다.

그저 의욕만 가지고 열심히 돕고 있었다.

"그런 말씀 하지 마십시오. 제가 여러 작업 현장을 다녀 봤지만 이처럼 땀 흘리며 열심히 작업을 도와주시는 의뢰주는 본 적이 없습니다. 고마운 일이죠."

평소보다 더 작업에 신경을 쓰는 이유였다.

돈도 돈이지만 함께 일해 준다는 게 고마웠다.

노가다나 한다며 무시하는 의뢰주가 어디 한둘인가.

"성가시게 생각하지 않는 것만도 고맙네요."

"별말씀을 다 하시네요. 사장님, 경계석은 어떻게 놓으면 될까요?"

송영중이 물었다.

"대여섯 명이 다닐 수 있었으면 합니다."

차준후의 말을 들은 기술자들이 경계석으로 인도의 틀을 잡았다.

인부들이 나서니 인도 양쪽 가장자리에 새하얀 경계석이 스카이 포레스트 건물과 정문까지 쭉 이어졌다.

"모래를 채웁시다."

"네."

"빨리 처리하자."

인부들이 모래를 평탄하게 다진 흙 위에 뿌렸다.

"합."

차준후가 모래를 등짐에 지고서 잔뜩 퍼 날랐다.

보도블록도 날랐다.

보도블록이랑 모래랑 계속 나르면서 진이 쪽쪽 빠져나갔다.

"천천히 하세요."

"저희와 속도를 맞추려고 하면 힘듭니다."

"그러다 골병듭니다."

"아, 예. 천천히 하고 있습니다."

마주치는 인부들이 구슬땀 흘리는 차준후에게 말을 건넸다.

그때마다 차준후가 웃으며 답했다.

녹초가 되어 갔다.

땀이 줄줄 흘러내렸다.

처음에는 기세 좋게 날랐지만 시간이 지나면서 점차 느려졌다.

계속 등짐을 지고 움직일수록 인도가 점차 완성되어 갔다.

허름한 흙길이 경계석이 놓이고 보도블록이 하나둘씩 채워지면서 말끔해졌다.

새롭게 사들인 건물들까지 포함해서 500평 규모로 확장된 스카이 포레스트 공장 인도에 보도블록이 차곡차곡

깔렸다.

공장 내부의 인도 작업이 마침내 마무리됐다.

"잘 만들어졌네요."

말끔한 정문을 보면서 차준후가 말했다.

흙길이 사라진 자리에 자리 잡은 인도를 보면서 기분이 절로 좋아졌다.

눈에 확 띄게 바뀐 공장의 모습에 마음에 쏙 들었다.

"공장 내부 인도를 완성했으니 이제 밖의 길거리 인도를 손봐야겠네요."

송영중이 말했다.

길거리 인도 포장이 공장 인도 작업보다 몇 배로 길고 또 손이 많이 간다.

아까 왔던 트럭이 두 번이나 왕복해서 보도블록과 모래 등을 가지고 와야만 한다.

부르르릉! 부르릉!

트럭들이 요란한 소리를 터트렸다.

"여기에 내려요. 아니, 조금 더 위쪽이요."

"알았다고."

"거기서 내리면 등짐을 몇 번이나 더 져야 하잖아."

"움직일게요."

다섯 대의 트럭들에서 보도블록과 모래 등이 산더미처럼 쏟아져 내렸다.

"가죠. 오늘 하루 만에 일을 마무리하려면 바삐 움직여야겠네요."

"아! 길거리 작업도 함께하시려고요?"

"물론이죠. 이왕에 한 일이니 같이 해야죠. 일이 마무리되면 저녁 회식을 제가 아낌없이 푸짐하게 쏘겠습니다."

삽을 들고 있는 차준후가 이야기했다.

뜨거운 햇볕 아래 작업 인부들이 평소보다 열정적으로 움직이고 있다는 걸 알았다.

작업에 신경을 써 준다는 게 피부로 느껴졌다.

이럴 때 그들에게 해 줄 게 뭐겠는가.

배부르게 먹으며 하루의 고된 피로를 시원하게 씻어 낼 수 있는 즐거운 회식 자리였다.

"사장님께서 저녁 회식을 쏘시겠다고 합니다. 힘내서 일해 봅시다."

"와아아!"

"사장님, 최고입니다."

"사고 없이 일 잘 끝내고 오늘 거하게 먹어 봅시다."

백호 벽돌의 인부들이 환호성을 내질렀다.

이 시대에는 회식을 가진다는 자체만으로도 환호가 나왔다.

"사장님, 잘 먹겠습니다."

"덕분에 오늘 포식하겠네요."

"감사합니다."

인부들이 벌써부터 차준후에게 고맙다고 인사했다.

너무나도 인사를 해 오기에 오히려 민망할 지경이었다.

가난해서 배를 곯는 시기에 배불리 먹을 수 있다는 건 즐거운 일이었다.

"일 잘해 달라는 뇌물입니다."

차준후가 인사를 받으면서도 부지런하게 삽을 움직였다.

약간 경사진 울퉁불퉁한 언덕길이라 쉽지 않은 작업 환경이었다.

언덕길 초입부터 공장까지 이어지는 인도 한 줄에 보도블록 20개씩 들어갔다. 언덕 아래에서부터 시작된 인도를 모두 깔기 위해서는 엄청난 보도블록을 날라야만 했다.

보도블록들이 기술자들의 손에서 딱딱 맞아떨어져 갔다.

한두 번 해 본 솜씨들이 아니었다.

"수평을 맞춰서 예쁘게 깔아."

"알았어요."

"거기, 수평이 맞지 않잖아. 신경 쓰라고. 자전거를 타고 가다 툭 튀어나온 보도블록에 걸리면 튕겨져 나오거나 넘어질 수도 있어."

"네."

인부들을 지휘하고 있는 작업소장 송영중이 목청을 높였다.

새마을 운동 〈323〉

아까보다 더욱 각별히 신경을 쓰고 있었다.

그리고 그건 일을 하고 있는 작업 인부들도 마찬가지였다.

"물 더 가져와서 부어."

"시멘트가 조금 부족하네. 더 넣어야겠다."

"자갈 빨리 넣어."

정문 앞의 흙길에 콘크리트가 깔렸다.

보도블록이 개인 기업에서 의뢰한 것치고는 큰 작업이었기에 백호 벽돌에서 콘크리트는 별도로 작업 비용을 받지 않고 재료비만 받기로 했다.

일개 회사에서 발주한 작업치고는 커다란 공사였다.

"벽돌만 만드는 공장 아니었나요?"

차준후가 정문의 콘크리트 작업 현장을 살피며 송영중에게 물었다.

"아닙니다. 벽돌뿐만 아니라 콘크리트 작업, 시멘트 타설, 건축, 화장실 등 돈 되는 일이면 다합니다. 능숙한 건축 인부들을 많이 데리고 있기에 건물도 뚝딱뚝딱 올리죠. 건축에 관련된 일이 있으면 언제든 연락 주십시오."

그는 차준후가 통이 큰 의뢰주라는 걸 알아보았다.

앞으로 자주 봤으면 하는 바람이었다.

"벽돌 공장이 아니라 종합 건설 회사였군요."

"아하하하! 종합 건설 회사! 참 듣기 좋은 말입니다. 돌아가서 사장님인 삼촌에게 말하면 정말 좋아할 겁니다."

송영중이 호탕 대소를 터트렸다.

이것저것 돈 되는 건축 일을 모두 하고 있었지만 종합 건설 회사라는 말을 들어 본 적이 없었다.

'아뿔싸! 종합 건설 회사라는 말도 이 당시에는 없었구나.'

차준후가 다시 한번 이 시기에 없던 말을 꺼내 들었다는 걸 깨달았다.

토건 회사!

건축 회사!

건설 회사!

그냥 이렇게 간단하게 불리고 있는 시기였다.

건설 회사들이 세를 확장하는 급성장 시기는 아직 다가오지 않았다.

최빈국에 속하는 대한민국에 종합 건설 회사는 없다.

'말 한마디 제대로 내뱉기 참 힘든 시기야.'

차준후가 속으로 툴툴거렸다.

대화할 때마다 분명히 조심스러워 하는데도 불구하고 툭툭 튀어나오는 말 때문에 긴장해야만 했다.

'그래도 나는 지금이 좋다.'

1960년이기에 불편한 점이 한둘이 아니었지만 열심히 일하며 매 순간 즐기고 있었다.

"숨 좀 돌렸으니 가서 작업을 도와야겠네요."

더 이상 실수하지 않기 위한 차준후가 손에 든 삽을 들고서 움직였다.

"고생하십쇼."

"고생이랄 게 있나요. 즐겁습니다."

차준후가 작업 인부들과 함께 삽질로 땅의 기초를 잡고, 경계석을 세워서 도로와 구분시키고, 모래를 채워 나갔다.

"기초 작업 끝났다."

"보도블록을 깔면서 진행해."

"여기 보도블록 더 가지고 와."

"지금 갑니다."

작업 인부들이 열정적으로 움직였다.

모든 작업 인부의 이마에서 구슬땀이 줄줄 흘러내렸다.

차준후의 옷이 땀으로 흠뻑 젖어 있었다.

"돈 쓰는 보람이 있구나."

잠깐 삽질을 멈춘 차준후가 시시각각 변하고 있는 광경을 보면서 중얼거렸다.

장관이었다.

아침에 출근할 때 보았던 진흙탕 길에 보도블록으로 깔려 있었다.

불어오는 시원한 바람과 함께 눈에 가득 들어오는 인도 포장 현장에 절로 웃음이 피어났다.

"기분 좋다."

보람차게 돈을 사용했다.

사실 생각보다 작업 면적이 커서 보도블록 설치비가 많이 나왔다.

많은 비용에 법인 통장에서 거액을 꺼낸 종운지가 툴툴거렸을 정도다.

차준후가 백호 벽돌에서 견적을 받고 좀 비싼 거 아닌가 싶어서 몇 군데 알아보니 저렴한 편이었다.

"비싼 게 아니야. 열정적으로 일하는 저 많은 인부의 인건비를 생각하면 오히려 저렴한 거다."

인도에 벌떼처럼 달라붙은 많은 작업 인부들이 능숙한 손놀림으로 보도블록을 깔아 가고 있었다. 빠른 시간 내에 작업하고, 이것저것 추가 작업까지 해 주는 걸로 보면 비싼 금액이 아니었다.

"제대로 된 업체네. 앞으로도 필요하면 자주 불러야겠어."

차준후가 백호 벽돌과의 인연을 길게 이어 가기로 마음먹었다.

보도블록도 저질의 물건이 아니라 오염이 될 되면서 내구성이 좋은 것이었다.

다른 업체에 비해서 가격이 높았지만 그만큼 품질과 작업 환경에 신경을 쓰고 있는 백호 벽돌이었다.

벽돌 공장에서 출발해 백호 종합 건설 회사로 성장하는

백호 벽돌의 기틀이 차준후와의 인연으로 이제 막 태동했다.

"이게 대체 무슨 일이야?"

"와! 인도에 벽돌이 깔리고 있어. 사람들이 많이 다니는 서울 요충지 인도에서나 볼 수 있는 인도 포장이잖아."

"용산구청이 드디어 일을 제대로 하고 있구나."

오가는 행인들이 길거리 인도 포장 작업을 보면서 반겼다. 인도와 인접한 회사들과 공장 직원들이 고개를 내밀고 구경하고 있기도 했다.

"쯧쯧쯧! 용산구청이 아니에요. 스카이 포레스트 사장님께서 사비로 하시는 거라고요."

작업을 하고 있던 인부가 사실을 알려 줬다.

(내가 제일 잘나가는 재벌이다 3권에서 계속)